Yaco & Kudou
「求愛前夜」

触れて、離れて、また触れて、角度や力加減を変えながら、
甘い波に引きずり込まれるような感覚に全身の力が抜けていく。
唇が離れてもしっかり抱きしめられていて、
くったりとヤコ先生に身体をあずけた。
（「乙女の憂鬱」P.193より）

Chara

求愛前夜

恋愛前夜2

凪良ゆう

キャラ文庫

この作品はフィクションです。
実在の人物・団体・事件などにはいっさい関係ありません。

目次

口絵・本文イラスト／穂波ゆきね

求愛前夜

あと八時間で朝がくる。目は落ち窪《くぼ》み、唇はカサつき、誰も観ていないテレビでは延々と同じＤＶＤがリピートされ、たまに「波動砲、発射」と緊張した声が聞こえてくる。五分くらい前も聞いた気がするけど、三十分一話のアニメで、波動砲は一話につき一度しか発射されないので、多分さっき聞いてからもう三十分経っているのだろう。

三十分？　え、三十分？

うそっ、まだ五分くらいしか経ってないよね？

三十分ってまたまたそんな――。

「ヤコ先生、アユの部屋どんなインテリアにしましょう」

「美大生だし個性的な感じでお願い」

「ヤコ先生、７Ｐの花どんな感じにしましょう」

「野の花っぽい豪華じゃない感じでお願い」

「ヤコ先生、ルナのヘアアクセ、シュシュでいいですか」

「うん、それでお願い」

「波動砲、発射」

「うん、それでお願い――え、うそ」

ついさっきも聞いたんだけど、また三十分経ったのか？　まじで？

時間の感覚が狂いだし、もうどれくらい経ったのかさっぱりわからなくなったころ、ようやく我々はイスカンダルに——もとい、〆切りの朝に辿《たど》り着いた。

「ヤコ先生、おつかれさまでしたー」

玄関先でアシスタントたちが挨拶《あいさつ》をする。過酷な〆切り明けでみなげっそりと頬がこけている。来たときはおしゃれだったお団子へアーが所帯やつれした昭和の妻みたいに乱れ、そのくせ目だけキラキラと輝いている。修羅場中に出るエンドルフィンが抜けていないのだ。なんて頼もしいんだろう。この子たちがいないと月刊誌の漫画連載は成立しない。

「おつかれさま、来月もよろしくね」

笑顔で手を振る貞行《さだゆき》もアシスタント以上にげっそりし、今にも天に召されそうなほど青ざめている。みんなを見送ったあと、貞行はへなへなと廊下に膝《ひざ》をついた。

——ああ、終わった……。今月もどうにか乗り越えた……。

しかしもう限界だ。今すぐ眠らないと死んでしまう。廊下に丸まって落ちかけた寸前、ハッと目を覚ました。夢にまで見た〆切り明けをこんな固い廊下で過ごしてたまるか。なにがなんでもふっかふかの布団で寝てやるのだ。

ずるずると長い廊下を這《は》っていき、寝室のドアを開ける、どれだけ寝相が悪くても落っこちないクイーンサイズのベッドに特注のカリメロ柄のシーツ。ああ、これ以上のパラダイスはない。天にも昇る心地でベッドに倒れ込んだ瞬間、耳元で爆発音が鳴り響いた。

「…………え？」

貞行は目を覚ました。けたたましい爆発音の中でしばしぼうっとしたあと、夢か……と理解した。貞行はのろのろと身体を起こし、ヘッドボードに並んで爆発音を響かせている五個の時限爆弾型目覚まし時計を止めていく。ひとつ、ふたつ、みっつ――。

「あー、もう、うるせ――っ」

四つ目でブチ切れ、カリメロ柄の布団に潜り込んで転がった。くるくると布団が身体に巻きついて、なにかの幼虫みたいになりながら貞行は敗北感に打ちのめされた。

なぜ〆切り明けの爆睡中に、〆切り間際の夢を見なくてはいけないのか。なんだこの嫌すぎるエンドレス感は。ちっとも休んだ気がしない。

悔しさに唸《うな》っていると、爆発音に紛れてピピピと携帯の通知音が混じった。見なくてもわかる。〆切り明けの二日後、今日は午後から打ち合わせが入っている。それのお知らせだ。

幼虫のままじっとそれを聞き、おもむろに、ごろんとさっきとは反対に転がった。ごろんごろんともう二回転。最後に身体を起こすと布団が身体から剝《は》がれ落ち、貞行は幼虫から人間へと脱皮した。休みは去りて、再び地獄へのカウントダウンがはじまるのだ。

貞行の毎日は忙しい。高校在学中に小嶺《こみね》ヤコのペンネームで少女漫画家としてデビューし、初連載がヒットしてから十七年、人気は衰えないまま、現在連載中の『パラダイス・ドール』は若い女の子を中心に爆発的ヒットを巻き起こしている。

月刊連載を抱えていると、原稿を上げてもまたすぐ次回の打ち合わせがはじまる。大まかな展開を練り、ネームを切り、担当編集者と相談しながらネームを修正し、合間に次の予告カット、雑誌の表紙、自分のカラー扉がやってくる。単行本が出るときは雑誌原稿のチェックや修正。それらと格闘していると、そのうちまたアシスタントと一緒に次の修羅場がやってくる。エンドレスである。

貞行の場合、それだけでは終わらない。『パラダイス・ドール』はアニメ化、実写ドラマ化、さらに日本と韓国で映画化され、両国ともシリーズ化が決まっている。基本それぞれの責任者に任せているけれど、本編の漫画に支障をきたす作りになっていないかなど、チェックすることは山ほどある。

メディア化が拡大するにつれ取材やインタビューも増える。先生と呼ばれる身でありながら、ガレー船を漕《こ》ぐ奴隷並みの労働時間である。大海原を渡る船の行き先は漕ぎ手自身にもわからない。漕ぐことこそが人生である。

シャワーを浴びたあと、ドライヤーで髪を乾かした。指がよく引っかかる。金色に透けた毛先はハリ、ツヤ、コシがなくバービードールのような手触りだ。ここ何年かずっと白金に近いシャギーの入ったロン毛で、キューティクルが死滅している。

ボサついたライオンみたいな頭で、貞行はウォークインクロゼットへ向かった。稼ぎまくっている売れっ子漫画家として高級なブランド服が並んでいるのかと思いきや、そんなものはひとつもなく、代わりにカラフルな古着がギュウギュウに吊るされている。

吊りパイプに引っかかっているTシャツを適当に取り、そこらへんに小山を作っている衣服の地層からまた適当にリーバイスを拾ってはき、特に鏡を見ることもなく、玄関に脱ぎ散らかしてあるスニーカーで家を出た。貞行の身支度は五分かからない。

エレベーターでエントランスに下りると、ホテルさながらのソファセットのある広々としたロビーと立派なフロントが設けられている。ここは都内一等地のマンションで、二十四時間常駐のスタッフが日常の細々とした用事を聞いてくれるので大変便利である。フロントの前を横切ろうとしたとき、中からスタッフがいそいそと出てきた。

「あの、出入りは裏口を使ってほしいんですけど」

「ん？」

「お掃除かなにかのアルバイトスタッフさんですよね？」

黒の制服を着た若い女の子が申し訳なさそうに首をかしげる。すぐに顔馴染みのスタッフが飛んできて、住人の方だと女の子を小声で叱《しか》りつけた。

「小嶺さま、大変失礼いたしました。先日入ったばかりの新人なもので」

「あー、うん、いいよいいよ」

慣れてるから……と、貞行は心の中でつけ足した。

古着のTシャツとスニーカーでタラタラ歩いている貞行は、パッと見、ラブ&ピースな無職のお兄ちゃん風で、出入りの業者に間違われたのは今回が初めてではない。

──自分が好きで着てるから、それでいいんだもーん。

そう思いつつ、ちょっぴりへこんだ気分で近所のカフェへ行った。

「ヤコ先生、いらっしゃいませ」

奥の席に座ると、顔馴染みのバイトくんが注文を取りにきた。ここは雑誌でもよく取り上げられるおしゃれなカフェだが、貞行がここにくる理由は味でも雰囲気でもない。

「おつかれみたいですね。お忙しいんですか」

メニューを手に心配そうにのぞき込んでくるバイトくんの顔面がひたすらかわいい。カウンターの中からフロアまで、ここは従業員全てを見目麗しい男子で揃えている。

近所におしゃれなカフェは多々あれど、貞行が打ち合わせにここを指定するのはかわいい若い子ちゃんたちが見たい、ただそれだけの理由だった。

ああ、ほんと癒される……。大好きなクリームソーダを飲みながら、店内を泳ぐように行き交う素敵男子をうっとり眺めていると携帯が震えた。担当の手塚《てづか》からだ。

『もしもーし、もう店にいるよ』

機嫌よく出ると、返ってきたのはすごい咳《せき》だった。

『どしたの、風邪？』

『いえ、ちょっと結核になっちゃって』

『はい？』

最近ずっと微熱と咳が続いているので病院へ行ったら、「肺に影が出てますね。結核なんで今日から入院していただきます」とさくっと宣告されたらしい。

『声は元気そうなのに』

『そう言ったんですけど、国の指定感染症なんで今日から問答無用で隔離病棟に閉じこめられるそうです。最低でも二ヶ月は出られません』

『隔離病棟？　避暑地で療養とかじゃないんだ？』

涼やかな高原のサナトリウムで療養する美少女と地元の青年のロマンス的な病気に少女漫画家としての妄想が広がりかけたが、すぐに現実に引き戻された。

『じゃあ、僕の担当は？』

『とりあえず、臨時の担当をそちらに向かわせてます』

そういう間にも手塚は咳をしていて、かわいそうなのでお大事にと電話を切った。

無意識に溜息《ためいき》がこぼれた。手塚とは長く組んでいてやり方ができあがっている。病気なのでしかたないとはいえ、担当替えは面倒くさい。まあ二ヶ月だし我慢するか。

　そのとき、ふっと店内のざわめきが消えた。

　なんだろうとあたりを見回し、貞行は身を強張らせた。

　ヤクザだ。こんなおしゃれな店にヤクザが入ってきた。年は三十くらいか。細身のダークスーツ、白シャツにゆるめに結んだこちらもダークなネクタイ。人生の辛酸をなめ尽くしたかのような三白眼。顔立ちそのものはクールな男前だし、身体つきもすらりと鞭《むち》のようにしなやかな色気がある。しかしひたすらラブリー&胸キュンを愛でて生きている貞行の最も苦手とする人種である。因縁をつけられないよう目を伏せていると、

「小嶺ヤコ先生ですね」

「え？」

　顔を上げると、おどろおどろしいかけ網をバックに背負ったヤクザが目の前に立っていた。いいえ、人違いですと答える前にヤクザがスーツの内ポケットに手を入れた。撃たれる！　反射的に身を引いたが、出てきたのは名刺だった。

「……徳万《とくまん》出版ラズベリー編集部、貢藤《くどう》りり？」

　名刺を読み上げた瞬間、ヤクザが眉間《みけん》を狭めた。ぎらりと光る目力は思わず身が竦《すく》むほどの迫力だった。間違いない、こいつはすでに何人か殺《や》っている。

「利里《としさと》」

「え？」

「りり、ではなく、としさとと読みます」

ギラギラと刃物みたいに目を光らせながら、ヤクザは口元を歪《ゆが》めた。恐らく笑ったのだと思うが、威嚇されているとしか思えない。

「急病の手塚に代わって、自分が臨時の担当に――」

「やだ、怖い」

思わず零れた本音に、ヤクザ編集の形相が変わった。眉間の皺《しわ》が深まり、かろうじて笑顔をキープしているのが逆に般若《はんにゃ》みたいで恐ろしい。

やばい。こいつは絶対やばい。貞行の本能が警鐘を鳴らす。こんなのを担当にしたら毎月ヤクザに追い込みをかけられているようで仕事の能率が落ちる。

「他に誰かいないの?」

勇気を振り絞って聞いてみた。

「他?」

貢藤が眉をひそめる。三白眼が余計に鋭さを増す。

「暇そうなのいるだろ。新人とか若手とか」

「手一杯です」

「デスクの横溝《よこみぞ》は?」

「手一杯です」

「副編の亀田《かめだ》は？」

「もっと手一杯です」

「編集長の志摩《しま》」

「……」

貢藤はすうっと目を細めた。テメエ舐《な》メテンノカ、イッペン沈メタロカ。無言で脅されているようで、刻一刻と恐怖が臨界点に近づき——越えた。

「…………やだ」

貞行は無表情でつぶやいた。

「は？」

「担当替え、絶対やだ、無理」

人形のようにカクカクと首を横に振る。恐怖メーターが完全に振り切れて壊れた。

「慣れてる編集以外と組むのはどの先生も不安があると思いますが」

「だったら担当替えしないで」

「自分はあくまで臨時です。手塚さんが復帰したらすぐに——」

「今すぐ復帰させて」

「伝染病なんで無理です」

「無理でもそうして」

「……ヤコ先生」

貢藤のこめかみに青筋が立った。ここで負けてなるものかと、貞行も目を合わせたまま対峙《たいじ》した。大丈夫。目の前の男はヤクザに見えるだけでヤクザじゃない。少女漫画雑誌『ラズベリー』の編集者なのだ。胸ポケットに入ってるのは拳銃ではなく名刺だ。――多分。

「先生、あまり困らせないでください」

貢藤が険しい顔で言う。若い男の子に言われたならキュンとくる台詞《せりふ》でも、こいつに言われると脅しみたいに聞こえてしまう。なんでこんな顔で少女漫画の編集なんだ。自分をもっと活かせる職種があるだろう。ヤクザとか組対の刑事とか闇金の取りたてとか。

「駄目、やっぱ無理。編集長に直訴する」

「先生」

詰め寄るヤクザ編集を無視してポケットから携帯を取り出したとき、着メロが響いた。画面には一ヶ月前に貞行をふった元カレの名前が出ている。ちょっとタイムと、一応ヤクザ編集に断りを入れてから電話に出た。

『もしもし？』

『ヤコちゃん？　俺、俺』

一ヶ月ぶりに聞く元カレの甘い低音だった。

『ヤコちゃん、元気にしてた？』

『うん、元気』

ちょっと怖い人に絡まれてるけど、と心の中でつけ加えた。

『急にどうしたの』

問うと、元カレはうーんと甘ったるくつぶやいた。

『特に用はないんだけど、なんとなくヤコちゃんに会いたくなって』

『そうなの？』

キュンとハートが鳴った。これはもしやネタ到来、いや、復縁の兆しか。うん、うん、わかったと電話を切った。電話中、ヤクザ編集はずっと背筋を正して座っていた。

「ごめん、急用ができたから今日はこれで」

「は？　今日はネームの打ち合わせをする予定だったでしょう」

「その前に、担当の件もっかい検討して」

「検討した上のことなんで、しばらくの間なんとか我慢を――」

「あれ、手塚じゃない？」

出入り口を指さすと、貢藤が「え？」とつられてそちらを見た。

その隙をつき、貞行は脱兎《だつと》の如《ごと》く店から走り出た。

「あ、先生！」

背後で叫ぶヤクザ編集を振り返る勇気はなかった。

元カレから申し込まれたのは、復縁ではなく金の無心だった。

「友達の保証人になったんだけど、そいつ夜逃げしちゃってさ。借金二百万払えってヤクザが毎日俺んとこくるんだよ。なんかもうほとほと疲れちゃって」

「へー、そうなんだー、大変だねー」

元カレのマンションのリビングで、貞行は棒読みで言った。

ソファテーブルには、赤ペンでマークのついた競馬新聞が置いてある。本当に競馬が好きな男で、つきあっていたときもデートと言えば競馬場だった。底の浅い嘘を並べたてている元カレに、「へー、ほー、ふーん」とあいづちを打つ。

「わかった。お金振り込んであげるから口座教えて」

「え、いいの？　そんなつもりじゃなかったんだけど」

元カレはいそいそと通帳を開いて口座番号を告げた。貞行はそれを携帯にメモしてから、黙って元カレのアドレスを消去した。手切れ金二百万円なり。チーン。飯でも行こうかという元カレの誘いを笑顔で断り、貞行は帰り道をぶらぶら歩いた。

——あーあ、借金申し込むならもう少しネタくれよな。

最近ネームに詰まり気味で、もしや漫画のネタになるかもと駆けつけたのに無駄足だった。

いっそ堂々と「俺が好きなら金を出せ。俺はおまえを好きじゃないけど」くらい突き抜けてほしい。そこまで行ったら逆に、踏みにじられても踏みにじられても尽くす健気な自分に酔えるのに。なにごとも突き抜けないと面白みは味わえない。

ま、そうそう刺激的なことなんて起きないかと空を見上げた。こういうときはパーッと発散するに限る。貞行は走ってきたタクシーを停めて運転手に告げた。

「新宿《しんじゅく》二丁目まで」

扉を開けると、いらっしゃーいと野太くもラブリーな声が響き、馴染みのキャサリンを筆頭にオネエたちに出迎えられた。テーブルに案内され、キープしているボトルからブランデーをストレートで一気飲みすると、隣でキャサリンが顔をしかめた。

「ヤコちゃん、ご飯食べてきたの？」

「食べてない」

「駄目よ。空きっ腹にいきなりストレートなんて。いくらかわい子ぶっててもヤコちゃん今年で三十五でしょ。そろそろ身体をいたわらないと」

「まだ三十四なんだけど」

「一緒よ。ほら、お肌にも髪にも全然艶がない」

ヒゲのそり跡も青々としたごついキャサリンに頰を撫《な》でられる。

「で、今日はどうしたの。なにかあったんでしょ」

「そうそう、実は前カレから電話がきたんだよね」

「あら、復縁？」

キャサリンたちが目を輝かせる。見た目はごつくても心はみな乙女なのだ。

「と思って駆けつけたら、お金の無心だった」

「最低ね」

「もちろん殴ってやったんでしょう？」

「ううん、振り込む約束した」

「……ひどいわ」

みな一斉に表情を失った。

「だよねえ。一ヶ月ぶりに電話してきたと思ったら借金の申し込みなんて」

「男もひどいけど、ヤコちゃんがひどいわ！」

いきなりキャサリンの大きな手で両頰をはさまれた。

「なんでそう毎回毎回駄目な男に引っかかるの？　いい男、悪い男、普通の男だったら一番多いのは普通の男なのよ。いい男つかまえるのは難しいかもしれないけど、ヤコちゃんの外れクジの引きっぷりもある意味神業《かみわざ》よ！」

「でも、そういう子いるわよ」

　オネエのひとりが頬に手を当ててつぶやいた。

「不幸体質って言うのかしら。箱一杯の蜜柑《みかん》の中から、わざわざ一番底で潰《つぶ》れてカビ生やしてるようなやつを選ぶのよ。それ腐ってるわよって周りが言っても聞かないの」

「でもヤコちゃんの相手っていつも見た目だけはいいわよ」

「それよ。きっと顔で選ぶから失敗するのね。ヤコちゃん、今度はタイプじゃないの選びなさい。いつもシャイニーズ事務所系だから、思い切ってガチムチとかヒゲクマなんてどう？　あ、渋い極道系もいいわね。そういう顔は意外と優しいのよ」

「やだ。僕、顔面が好みじゃないとキュンとしない」

「たまには妥協しなさいよ。そんなだから失敗続きなのよ」

「やだ、僕は胸キュンに人生賭けてるの」

　プイと顔を背けると、「まあときめきは大事よねー」とみんながうなずく。

　オネエたちとお酒片手にガールズトークに花を咲かせていると、心身共にリラックスしていく。ここは貞行にとってのストレス発散場だ。

「あ、極道系って言えば、今日すごいの見たよ」

　みんながなになにと寄ってくるので、昼間のヤクザ編集のことを教えてやった。

「そんなに怖いの？」

「あれは将来若頭コースだよ」

「かっこいい？」

「顔は男前かな。よく言えばクール。悪く言うとすでに何人か沈めてる感じで――」

「沈めてません」

ふいに渋い低音が響き、そちらを振り向くと、店の入口に昼間のヤクザ編集、貢藤が立っていた。貞行はびくっと硬直した。

「おまえ、なんでここに……っ」

うろたえる貞行の前に立ち、貢藤はスーツの内ポケットに手を入れた。今度こそ撃たれる！　反射的に頭を庇《かば》ったが、銃声は響かなかった。

「手塚さんから、これを預かったんで」

「……え？」

薄目を開けると、『ヤコ先生手帳』という小さなメモ帳が見えた。かわいらしいウサギのイラストが、それを持つ人物と激しいミスマッチを起こしている。

「なにそれ」

「手塚さんが普段からつけていたヤコ先生についての覚え書きです。この中にヤコ先生の逃走先がいくつか記載されてたんで、それを追跡してきました」

――手塚ああああ――――、余計なことすんじゃねえええええ――――。

職務熱心な前担当を罵《ののし》っている間に、貢藤はメモ帳をしまった。

「不満はあると思いますが、手塚さんのメモを参考に自分も頑張らせてもらいますんで、担当替えの件はこらえてくれませんか。そう長く続くこともないので」

貢藤は膝を折り、椅子《いす》に座っている貞行と視線を合わせた。

見かけとは違う殊勝な言動と態度に、貞行の心に葛藤《かっとう》が生まれた。別に自分は顔が怖いという理由だけで嫌がっているわけではない。中高生の恋愛バイブルと言われる『パラドル』を一緒に作っていく相手がこの若頭で本当にいいのか。そこが問題だ。

「熱意は買うけど、そんなメモ帳一冊ごとき参考にされても——」

「それ以上、勉強していきます」

真剣な目に、なんだか今にも兄貴と呼ばれそうな恐怖におののいた。違う違う。自分は永遠の乙女教信者だ。かわいいものが正義の国で生きているのだ。

「じゃあ、おにーさん、そこまで言うならちょっと質問していい?」

葛藤の沼にはまっている貞行の代わりに、キャサリンが身を乗り出した。

「ヤコちゃんの年と本名は?　生年月日も込みで——」

貢藤の目が鋭く光った。

「山田《やまだ》貞行、三十四歳、一九八×年十一月十一日生まれ、蠍座《さそりざ》のオネエ。高校二年時に徳万出版少女漫画雑誌『ラズベリー』にて『悪魔で胸キュン』でデビュー。高校卒業後初連載の

『death とlove』が大ヒット。以降徳万の看板作家として第一線で活躍。タイプはシャイニーズ事務所系の年下男子（※男運最悪）。行き詰まると二丁目に逃走。酒が好き（※酒癖最悪）。和食嫌い。洋食とスイーツを好む。お気に入りはメコちゃんのロールケーキと麻布《あざぶ》ゴンのオムライス。好きな飲み物はクリームソーダ」

「合格よ。あなたにヤコちゃんを任せるわ」

「ありがとうございます」

「ちょっと待て」

慌てて割って入った。危うく本人抜きで話がまとめられるところだった。貢藤は手塚メモを暗記しているようで、それは偉い。褒めてやろう。しかしなにげに（※）欄がムカつく。あれは手塚が書いたものなのか、それとも貢藤の勝手な注釈なのか。

「いいじゃない、ヤコちゃん。この人、あたしはいいと思うわよ」

キャサリンがちらっと貢藤を流し見た。タイプらしい。

「キャサリン、編集能力に顔面は関係ないからね」

「じゃあ極道顔でもいいじゃなーい」

鋭いツッコミに貞行は言葉に詰まった。

「じゃあ、話もまとまったところで」

貢藤が立ち上がる。

「いやいや、まとまってないし」

「ネームの進行はどうなってますか？」

いきなり切り込まれ、どきっとした。

「ネーム？」

「はい。今日打ち合わせをする予定でしたね」

「あー……、うん、そうだね、うん、ネームね」

貞行はうなずきながら視線を逸らしていく。

「できてない」

自然と声が小さくなった。

「どれくらいできてないんですか」

「なんにもできてない」

「具体的でなくても、なにかアイデアとか」

「特にない」

沈黙が漂った。貢藤の方を見るのが怖い。しかし十七年も漫画家をやっていると、アイデアなんてもんは出物腫れ物と一緒で、出るときはところ構わず出るし、出ないときは逆さにふん縛られても出ないことがわかっている。

だいたい今日は寝覚めからして最低だった。〆切り明けの爆睡中に修羅場の夢を見て精神を削られ、かわいい男子を見て和んでいたら手塚が入院し、代わりに極道みたいな編集がきた。元カレから呼ばれて訪ねていけば金の無心をされ、オネエの園で疲れた心を癒していたらまた極道が追っかけてきた。呪《のろ》われた一日だ。

「なにをどう催促されても、ない袖《そで》は振れないから」

開き直って視線を戻すと、貢藤はじっと貞行を見つめ返し、それから黙って持っていた鞄《かばん》の中に手を差し入れた。今度こそドスでも出すのかと身構えると、

「じゃあ、これだけでも目を通してください」

出てきたのはドスではなく、書類袋だった。中には来冬公開予定の映画『パラドル2』の脚本一稿が入っていて、付箋《ふせん》がもりもり貼ってある。

「原作を軸に新たに追加されている映画用オリジナルエピソードの部分に青の付箋を貼ってあります。原作の展開に支障がでないかチェックしてください。あと原作のキャラに沿ってなさそうなシーンに黄の付箋を貼りました。他に気になる点は——」

貢藤の言葉を聞きながら、貞行は脚本をパラパラとめくった。

——ああ、これは確かに……。

黄色の付箋部分は、著者である貞行がチェックしても違和感を覚えた。芯の強いヒロインが言わなさそうな台詞である。次の付箋箇所もそうだ。一稿なのでしかたないがキャラ設定がぶれている。これは修正を入れるべきである。

「ちょっとふたりとも、いきなり仕事モード入らないでよ」

キャサリンの言葉に意識を戻した。

「ごめんごめん、つい」

「ね、こっちの兄貴もとりあえず飲みなさいよ」

はいと水割りのグラスを貢藤に渡す。

「兄貴？」

貢藤が眉間に皺を寄せる。苦み走った渋い男前を見て、キャサリンを筆頭にオネエたちがポ……ッと頬を染めた。強面《こわもて》が好きなオネエは結構多い。貢藤はガチムチ系兄貴とは逆に、細身のしなやかな身体つきがクールな顔立ちを引き立てていて、ジャンルわけするならネコ科兄貴というところか。

「さあ兄貴、わたしたちと楽しく飲みましょう。夜はこれからよ」

キャサリンが鼻息も荒く詰め寄っていく。身体つきでいえばキャサリンの方がよほど逞《たくま》しく、スーツの上からでもわかる貢藤の細腰くらいなら簡単に締めあげて折ってしまいそうだ。すごい迫力にびびったのか、さすがの貢藤も身を引いた。

「さあ兄貴、飲んで、ぐぐっと飲んで、兄貴、飲んで、兄貴、飲んで」

途中からコールのようになり、オネエたちが手を打ち、野太くもラブリーな大音量の飲んでコールがはじまった。こうなるともう飲まねば無粋というもので、貢藤は苦々しい顔で水割りのグラスを一気に飲み干した。

タンッと音を立てて空のグラスがテーブルに置かれ、わっと拍手が湧いた。酒が強くないのか、うっすらと頬を赤らめているのが意外だ。そうするうちに次のコールがはじまり、それに乗って貞行も自分のグラスを飲み干し、拍手の中で立ち上がった。

「ごめん、キャサリン、今夜は帰るね」

さっきの脚本を見て、にわかに現実に立ち返ってしまった。

「えー、うそー、夜はこれからじゃない」

「お詫《わ》びにシャンパン好きなだけ飲んでいいから」

「ドンペリ飲んじゃうわよ」

「いいよ、ゴールドでもピンクでもプラチナでも」

「じゃあ許してあげる」

キャサリンと抱き合って頬キスをかわし、貞行はさてと振り返った。

「貢藤、帰るよ」

「はい」

「兄貴～、またきてね～。あなたのキャサリンよ、覚えといてね～」

あたしもあたしもと重なる野太いラブコールに貢藤は黙礼だけを返した。通りに出るとすぐにタクシーを停め、運転手に貞行のマンションの住所を正確に告げる。

「初日から強引なことをしてすいませんでした」

貢藤が改めて頭を下げ、貞行はシートに深くもたれかかった。

「いいよ。進行遅れてるのは事実だし」

それでも〆切りは待ってくれない。他の雑用だけでも早めに片づけておかねば、あとで地獄を見るのは貞行である。わかっているのについつい逃避してしまう。貞行のようなタイプには、貢藤くらい熱心なタイプが合うのだ。

これで顔さえもう少し柔和なら、と貞行はちらっと隣の男を盗み見た。筆を流したような切れ長の目元、通った鼻筋、形よく薄い唇。確かに男前である。好きな人はすごく好きな顔なんだろうなあと考えていると、

「ひっく」

おかしな音を発し、貢藤が身体を揺らした。

「ん？」

「なんでもありません。失礼しまし——ひっく」

今度は言葉途中で揺れた。しゃっくりらしい。

「もしかして、酒、弱い？」

「大丈夫です。気にしないでくだ——ひっ」

短い悲鳴のようで思わず吹き出すと、貢藤の目元に赤味が差した。鋭いカミソリみたいな男

が頬を染めている。なんとも言えないギャップがおかしい。

「極道顔のくせに、意外とかわいいね」

貢藤がこちらを向く。目が怖い。しかしいいかげん耐性ができていた。

「そんな目で見たって怖くないよ。おまえは僕の担当なんだから」

そう言うと、貢藤の表情がふっとほどけた。

「俺でいいんですか」

「いいよ。おまえ、まあまあ仕事できるっぽいし」

「ありがとうござ――ひっく」

途中でまた声が裏返り、貢藤はパッと手で口を押さえた。

その顔がまたじわじわと赤く染まっていくのを、貞行は興味深く眺めた。

極道顔の新担当は、見た目ほどには恐ろしくない男のようだった。


「とりあえずコーヒーちょうだい。あ、キッチンそっち」

帰宅後、貞行はリビングのソファに寝転がって映画の脚本を取り出した。こういうのは休憩を挟まずにさっさとやってしまう方がいい。

「どうぞ」

貢藤がグラスの載った盆を手にリビングに戻ってきた。テーブルに置かれたコーヒー牛乳を見て貞行は満足した。貞行がコーヒーと言ったら、それはコーヒー牛乳のことなのだ。

「すぐチェックするから、ちょっと待ってて」

「わかりました」

付箋箇所だけでなく最初からチェックしていきながら、へえと感心した。こうして丁寧に見ていっても貢藤の付箋は的確だ。

「はい、終わり」

何ヶ所か追加で修正を加えた脚本を貢藤に返した。

貢藤がえっと時計を確認する。

「なに？」

「一時間しか経ってません」

「一旦形になってるものは、あんまり迷わないから」

形を作るまでは死ぬほど悩むけれど。

「そういえば手塚さんが言ってましたね。驚異的にネームが遅いわりに、ヤコ先生が一度も原稿を落としたことがないのは下描きやペン入れが異常に早いからだと」

「まあね。一番苦しいのはなんにもないとこからなにかを生み出すときだし、下描きやペン入れもしんどいけど、あれはやり続けてたらいつかは終わるから精神的に楽。先が見えないネームは本当にしんどい。ゲロ吐きそうになる。というか吐く」

貞行はイタリア製の鮮やかな赤のソファに仰向けになった。

「なるべく周りに迷惑かけないようにしたいけど、現実は毎月ギリギリなんだよね。歴代担当みんな胃に穴空けてるし、だから最初に謝っとく。ごめんね」

「覚悟はしてます」

「そっか。噂も色々聞いてるだろうしね」

貞行は笑った。徳万出版で貞行の悪評を知らない者はいない。とにかく原稿の上がりが遅い。仕事に詰まるとすぐ行方不明になる。そうして〆切りを過ぎ、担当編集の胃に穴が空きはじめたころ、ようやくちょろちょろと原稿が上がってくる。

デビューから十七年、貞行は一度も原稿を落としたことがない。結果だけ見れば素晴らしいが、これだけ騒いでおきながら……といつしか落とす落とす詐欺作家なんて不名誉なあだ名がついた。さらに毎度くだらない男にひっかかり、貢いだ金はウン千万。あれはもうビョーキ、はた迷惑だけど治んないとほとほと呆れられている。

「でも、原稿が遅いのは妥協をしないからじゃないんですか。くだらない男とどうのこうのというのも、芸の肥やしだと思えば納得できます」

貞行は向かいのソファに座る貢藤を見つめた。

「芸の肥やし？」

問うと、貢藤は言葉を選ぶようになにもない空間を見つめた。

「つまり、刺激剤の一種というか……。駄目男に引っかかって金を無心されたり、こっぴどく振られたり、そういう絵に描いたような愁嘆場全部、実は漫画を描くための養分にしてるんじゃないかと、話を聞くたびになんとなく思ってたんで」

「……ふーん」

貞行は起き上がり、残っているコーヒー牛乳を飲み干し、おかわりと空のグラスを差し出した。貢藤は、はい、と礼儀正しくそれを受け取って台所へ行った。

貢藤の言うことは、あながち外れていなかった。最初はそうではなかったけれど、超売れっ子として仕事に忙殺される日々が続くうち、自然とそうなっていったのだ。

仕事はどんどんやってくる。けれど仕事ばかりしていたら当然息切れ、ネタ切れしてくるわけで、忙しさの合間を縫ってたまに出かけても、そうそう劇的なことには巡り合えない。そんな中で、一番手っ取り早く刺激を補給できるのが恋愛だった。

それも貢藤が言ったとおり、駄目男を相手にする方が盛り上がる。疑似なので自分で自分を盛り上げなくてはいけないのが面倒くさいが、とりあえずの刺激は補給できるのでよしとする。たまには本気の恋もしたいけれど、本気の場合は相手が駄目男でなくとも貞行自身が勝手にグルグルしはじめる。本当に制御できなくなって仕事に支障が出るので、なるべく本気の恋愛はしないよう、今では本末転倒な努力をしている。

ビョーキだのなんだの好き放題に言われているが、貞行は人生のほぼ九割を漫画に捧げているのだ。たまにこれでいいのかと迷うときもあるが、本当に嫌だったら続かないので、多分、自分は今の生活に満足しているんだろう。

「――あの」

気づくと貢藤が戻ってきていた。

「ああ、ごめん。ちょっとぼんやりしてた」

「いえ、すいませんでした」

「なにが?」

新しいコーヒー牛乳を飲みながら貞行は首をかしげた。

「担当になったばかりで、出すぎたことを言ったかと」

「いいよ、別に」

当たってたし、とは言わなかった。

「けど、担当ともなると色々いい風に解釈してくれるんだね」

「いい風? 自分は漫画読んでて自然とそう思っただけですけど」

「へえ?」

「漫画描くって、ただでさえ過酷じゃないですか。特にヤコ先生くらいになろうと思ったら、どっかで自分の幸せと引き替えにする部分があると思うんですよ。覚悟というか、絶対やり抜くという意志の力というか。噂通り程度の低い男に振り回されてるだけの人に、そういう過酷な努力はできない気がしました。それに先生の漫画のヒロインは、ここぞってとこでは絶対男に頼らない。作品＝著者じゃないけど、全くかけ離れてるとも思わないんで」

「ふうん、なるほどねえ」

なかなか踏み込んだ見方をするやつだなと感心した。しかも分析が当たっていようが外れていようが、言われた方は嬉《うれ》しくなってくる言いようだ。暴力一直線な顔面とは裏腹に、こいつはなかなか作家の扱いに長《た》けている。

「だったら、さっきの店も創作活動の一環として見逃してくれればいいのに」

「そこまで見逃してたらキリがなくなるんで」

ピシャリと返ってきた。本当に作家の扱いに長けてやがる。

「でもねー、言っとくけど僕だってたまには本気の恋愛もするんだよ」

「そりゃあそうでしょう」

「最後に本気出したのいつだったかな。二年くらい前かな」

「それも駄目男で？」

貞行は顔をしかめた。

「……あのねえ。僕は本気になったら男の趣味はいいんだよ。一コ前の本命は漫画家志望の年下の男の子でさ、僕んとこにアシスタントにきたのがきっかけだったの。今はもうデビューしてて、無愛想で癖はあるけど才能のあるいい男だったよ」

「なるほど」

貢藤は眉間に皺を寄せて渋くうなずいた。

「あのさあ、そこもうちょっとノってきてくれない？　編集の仕事の中には作家のテンションを上げるって項目もあるでしょ。ほら、ちょっと笑ってみ？」

ほらほらと急かすと、貢藤は嫌そうに、しかし不器用に口元を持ち上げた。

「あ、やっぱいい。般若みたいで怖い」

勝手な言い草に、貢藤はこめかみの血管を浮かせた。笑っても怖いし、怒るともっと怖い。

じゃあどうしようと考え、タクシーの中で赤面していた姿を思い出した。

「じゃあさ、ちょっと照れてみて」

「は？」

「顔赤くして、うつむいて、ぎゅーって肩を狭めてみて」

「なんのために」

「かわいい気がするから」

「お断りします」

「ケチ」

そのとき、ぐうううっと腹が鳴った。そういえば昼はクリームソーダだけで、夜は空きっ腹に酒を飲んだのだった。一旦意識すると耐えがたい空腹感に襲われた。

「貢藤、なんか作って」

「なにかとは」

「オムライスがいい。冷蔵庫に材料あると思うから」

無理だろうと思いつつ頼んでみると、はい、と貢藤は立ち上がった。

「作れるの？」

「味は保証しませんが」

そして待つこと十五分、貢藤はオムライスと共に戻ってきた。

「えー、なにこれ、かわいいーっ」

とろっとろ卵の見事なオムライスに貞行は目を輝かせた。ちゃんと卵の上にケチャップで『YACO』と書いてある。『YAKO』ではなく『YACO』が正しい。完璧だ。

「なんなのこの見事さ。本当に貢藤が作ったの？」

貢藤は黙ってうなずく。ジャケットを脱いでいて、腕まくりされたシャツにケチャップの赤い染みが飛んでいるので、貢藤作なのは間違いない。

「おまえ、一体どんな顔で『YACO』って書いたの？」

想像したら怖いようなかわいいような。

「食べないなら下げます」

皿に手を伸ばされ、食べる、食べると貞行は慌てて皿を囲った。こんなことなら台所を覗《のぞ》きに行けばよかったと思いながら、ほかほかのオムライスにスプーンを入れる。半熟卵と一緒にチキンライスをすくって口に運び……目を見開いた。

「おいしーい！」

貢藤がホッと表情をなごませた。

「ナツメのオムライスと同じくらいおいしい！」

「ナツメ？」

「友達。さっき話した本命の元カレの今カレ」

「それは一体どういう関係で……」

「それより貢藤、これ本気でおいしいよ」

「ありがとうございます」

「なんでこんな上手なの？　そういうバイトでもしてたの？」

「いえ、単に外で食えないんで――」

貢藤はハッと口を閉じ、貞行は首をかしげた。

「なんで外で食べられないの？　ああ、もしかして、そんな若頭コース一直線な顔面でかわいいオムライス食べるとこ見られたくないとか、そういうの？」

一瞬、貢藤は言葉を詰まらせた。わかりやすい反応だ。

「なるほどねえ。というか、そんな怖い顔してどんだけ繊細なんだよ。あ、じゃあ他にも色々作れるんだろ。外で食べられない系っていうと、かわいい・おしゃれなやつだよね。カフェ飯とかスイーツ。最近流行りのパンケーキとか」

貢藤はあらぬ方を見て答えない。顔に出してたまるかと思っているのか、じっと一点を睨みつけている。殺気漂う恐ろしい横顔。なのに顔がじわじわ赤らんでいく。

――うわー、すごい、なんだこのギャップ。

オムライスを食べるのも忘れ、貞行は赤面している極道を凝視した。

マニアック路線というか、妙に癖になりそうなかわいさというか、こうなると恐ろしかった極道顔がなにやら萌えアイテムにすら思えてくる。編集としても優秀だし、料理もうまい。もしや自分はずいぶんといい拾いものをしたのだろうか。

貞行は羞恥に耐えている貢藤を前にオムライスを食べ、栄養とキュンを補給した。

初日に胃袋をつかまれて以来、貢藤が打ち合わせにくるたび貞行はご飯を作ってもらうようになった。貢藤の方もこれは武器になると思ったのか、滞りなく仕事を進行させるため餌付け《えづけ》作戦に乗りだしてきた。最初の危惧《きぐ》などどこ吹く風で、着々と円満な関係を築いていたある日の午後。

「プレゼント？」

打ち合わせにきた貢藤に、貞行はピンクのリボンがかかった箱を手渡した。

「毎回ゴハン作ってもらってるから、ほんの感謝の気持ち」

貢藤は珍しく焦った顔をした。

「先生にそんな気を遣ってもらっては……」

「でももう買っちゃったもん。今さら返されるのは悲しい」

そう言うと、貢藤は困ったような顔をし、では、ありがたくいただきますと箱を軽く捧げ持って頭を下げた。非道な顔面とは裏腹に、いつも礼儀正しい男だ。

「開けてみてよ。一生懸命選んだんだから」

ワクワクして急かすと、貢藤も苦笑いで表情を綻《ほころ》ばせた。大きな手でリボンをほどき、包装紙を剝《は》がし、箱を開け、貢藤は目を見開いた。

「……これは？」

ひらりと広げられたのは、純白のフリルで飾られた新婚エプロンだった。

「かわいいだろう。いつもご飯作ってもらってるお礼にと思って」

顔面蒼白《そうはく》で固まっている貢藤に、貞行はラブリーに笑いかけた。

「早くつけてみて」

貢藤の手からエプロンを取り、シャツの上から当ててみた。

「うーん、やっぱり似合う。ピンクと迷ったんだけど白にしてよか――」

言葉途中、いきなりエプロンをひったくられた。

「こんなもん、俺に似合うはずないでしょうが！」

いつも礼儀正しい貢藤が吠えた。

「気に入らないの？」

「それ以前の問題です。こういうのはかわいい若い女にでもやってください」

「僕、女の子に興味ないもん」

「そういう話じゃなくて」

「まあまあ、とりあえず今日からこれつけてよ。いっつもご飯作ってもらうたび、シャツに油とか醤油《しょうゆ》の染み飛ばしてただろ。ずっと悪いなと思ってたんだ」

「そう思うならシャツをください」

「プレゼントに注文つけるって、人としてどうなの？」

貢藤は返事に詰まった。

「貢藤にはいつもお世話になってるから、僕はほんの少しでも感謝の気持ちを伝えられればいいなと思って……。ネットで五時間もかけて探したんだけど」

「ただでさえ進行が遅れがちなのに、五時間もそんなくだらないことに――」

「くだらない？」

眉をひそめると、貢藤はパッと口を閉じた。

「……ひどい。でもそうだね、くだらないよね。いつもこうなんだ、僕。勝手にひとりで空回りして、相手に迷惑かけて、よくないね、こういうの、ごめんね」

エヘッと泣きそうな顔で可哀想ぶりっ子でほほえむと、冷たい視線を返された。

「それ、『パラドル』六巻のルナの台詞《せりふ》ですね」

全巻暗記しているのか。有能すぎる男に貞行はわずかにびびった。

「せっかくのお気持ちを無にして申し訳ないですが、これは慎んでお返しします」

貢藤は断固とした態度で新婚エプロンを突っ返してくる。貞行は溜息をついた。こうなったらしかたない。この手だけは使いたくなかったが——。

「エプロンつけてくれないと、仕事する気になれない」

恐ろしいほどの沈黙が舞い降りた。一秒、二秒、無言のまま時間がすぎるうち、貢藤の顔が微妙に変化していく。眉を寄せ、歯を食いしばり、うつむいたかと思うと天井を見上げたり、激しい内的闘争を繰り広げているのが窺《うかが》える。

「貢藤、どうする？」

問いかけると、貢藤はがっくりと肩を落とした。

「……わかりました」

ぼそっとつぶやくと、貢藤は耐えがたきを耐え、忍びがたきを忍びといった風情で純白の新婚エプロンをつけてくれた。屈辱に首筋まで真っ赤に染め、腰の後ろで慣れないリボン結びをしている姿はミスマッチが過ぎて逆にキュンキュンしてしまう。

「メシ、作りますんで」

自分、不器用なんで――某有名俳優の名台詞と同じイントネーションで言い、貢藤はキッチンへと向かう。貞行があとをついていくと、くるりと振り返った。

「けして、見ないでください」

おとぎ話の鶴みたいなことを言われ、わかったと貞行はうなずいた。じゃあ仕事してるねと仕事部屋に行き、しばらくしてから、見ないわけねーだろと部屋を出た。

抜き足差し足でキッチンを覗くと、ＩＨクッキングヒーターの前に立つ貢藤の後ろ姿が見えた。銃やドスの方が似合いそうな男がフライパンを揺すっている。じゅうじゅうとおいしそうな音と肉の焼ける匂い。しかし今はメニューよりもその姿に心惹かれる。

シャツの上からでもわかるしなやかな身体つき。腰のあたりがきゅっと引き締まった細身の逆三角形。極めつけは、細腰に結ばれたフリルのリボン！

――ああ、やっぱアレにしてよかった！

忙しさの合間を縫って、ネットの大海を五時間もさまよった甲斐《かい》があった。貞行の用意したフリルぴらぴらのエプロンをつけて料理をしている貢藤を萌え萌えしながら覗いていると、気配を察したのか貢藤が振り返った。

「な、なにしてんすか。見るなって言ったでしょうが」

「だって我慢できなかったんだもん。あ、焦げるよ?」

指さすと、貢藤は慌ててフライパンに意識を戻した。ばれてしまったのでもう堂々とダイニングテーブルに座って待っていると、貢藤が皿を手に振り向いた。

「どうぞ、昼飯です」

皿を差し出す貢藤は構図的に仁義を切るヤクザみたいで、思わずおひけえなすってとアテレコしたくなる。しかし出てきたワンプレートランチのハンバーグにはイギリス国旗、プチトマトにはパンダのピックが刺さっている。なんたるかわいさ。

「いやーん、超かわいいー、いただきまーす」

ワクワクと手を合わせる貞行にどうぞと答え、貢藤は苦行を終えた僧のようにエプロンを外そうと腰の後ろに手を回す。瞬間、貞行は立ち上がった。

「駄目!」

びくっと貢藤が動きを止める。

「せっかく用意したのに、エプロン外しちゃ駄目だし!」

「けど料理し終わったんで」

「それは観賞用の意味もあるから」

「その『意味』がわかりません」

「してくれたままじゃないと仕事できない！」

テーブルを挟んで貞行と貢藤は睨み合った。五秒ほど対峙したあと、やはりうなだれたのは貢藤だった。エプロン姿のまま椅子に腰を下ろし、貞行も座った。

「うーん、絶妙の焼き加減。貢藤、ハンバーグも上手だね」

機嫌よく語りかけるが、貢藤は「……どうも」とぼそっとつぶやき、貞行と目を合わそうとしない。フリフリエプロン姿の自分を晒《さら》すのがそんなに嫌なのか。羞恥に頬を染め、顔をしかめすぎて泣きそうになっている表情がなんとも言えない。

――ああ、なんだろう、この、もっといじめたい感。

うつむきがちに恥辱に耐えている貢藤は、貞行のS心をおおいに刺激した。普段オネエな貞行だが、たまにタチになっていじめてみたいと思う相手に出会う。それも貢藤のような硬派をアンアン泣かせるのが好きなのだから趣味が悪い。

――ノンケって責められ耐性ないから、無自覚に色っぽいんだよね。

R25な妄想が脳内に湧いてくる。恥ずかしいエプロンをつけさせられ、恥辱にまみれる若頭――一旦妄想しだすと止まらなくなるのが漫画家のサガである。

「貢藤、ちょっとアンって言ってみてくれない」

「は？」

「いいから、アンって言って」

「餡？」

貢藤はわけがわからなそうに首をかしげた。

「そっちじゃなくて、もっと弾んだ感じでアンッって」

不埒《ふらち》な気配を察知したのか、貢藤は表情を硬直させた。

「い、や、で、す」

般若みたいな顔で立ち上がり、貢藤は貞行に背を向けて洗いものをはじめた。ちらっと見える耳とうなじが真っ赤に染まっていて、一体顔面はどんなことになっているんだろう。覗き込みたい欲求が湧くが、そこまでしたら本当に嫌われそうだ。

それにしても――。

酸《す》いも甘いも嚙《か》み分けたと言うか、辛酸のみ舐め尽くしてきたような顔をしているくせに、貢藤はちょいちょい世慣れない反応をする。融通が利かないというより、ウブといった方がしっくりくるような。もしや恋愛経験が少ないのだろうか。

――いやいや、いくらなんでも三十にもなって、しかもあの顔でねえ。

ないないと首を横に振った。顔面極道＋ウブなんて、そんなおいしい物件そうそう転がってないだろう。でもそうだったらおもしろいのにと、貞行は頬杖で貢藤の後ろ姿を眺めた。さっきはフリルのリボンでしめられた細腰にばかり目が行ったが、切れ上がった形のいい小尻もなかなかのものだった。うーん、揉《も》んでみたい。

「先生」

いきなり貢藤が振り返り、貞行はびくっとした。

「な、なに?」

「食べ終わったら、打ち合わせ入っていいですか」

「あ、はいはい、わかりました」

不埒な妄想をしていた罪悪感からか、つい敬語になってしまった。残りのハンバーグを急いで食べながら、なんだかおかしな方向に走りだしている自分に気づいた。


壁付けされた巨大な本棚、何台ものパソコン、膨大な資料や書類などでごった返す魔窟《まくつ》のような仕事部屋で打ち合わせは行われる。

貞行クラスの売れっ子になると、よほど踏み外した展開でないかぎり細かなダメ出しをされることはないが、ネーム用紙を挟んで担当編集者とああでもないこうでもないと話し合うことで、頭の中にある物語の輪郭をよりはっきり捉《とら》えることができる。手塚とはそこの相性がよかった。貢藤はどうだろう。

「やっぱここ、やりすぎかなあ。親友の彼氏の浮気なんて当然ムカつくし怒るとこなんだけど、やりすぎるとみっともない女になって共感しづらいし」

とはいえ半端なのはヒロインらしくないし、制裁が足りないとモヤモヤが残るし、スカッとしたと読者に思わせるギリギリを見極めるのは結構難しい。

「うー、どうしよ。やっぱもう少し抑えるかなあ」

本音はこのまま行きたい。しかし――。またグルグルがはじまりそうなところ、

「このまま行きましょう」

きっぱりとした言葉に、貞行はネームから顔を上げた。

「『パラドル』は正統派の王道展開と勧善懲悪がウリです。浮気をした男は倍返しでばっさりやる。そういうところが女の子たちを熱狂させる部分かと」

「そうかな」

上目で見ると、「そうです」と貢藤は断言した。その力強さに励まされる。

「そうか、うん、やっぱそうだよね。じゃあ予定通り思い切りやらせるか。でも台詞やコマ割りはもう少し検討するってことで。あとこのシーン」

弾みがつき、勢いよくページをめくった。

「今までの誤解が解けての抱擁シーン。ここやっぱ前後のシーン縮めてでももう何コマか増やしたい。ベッタベタに甘いキスシーンにしたいんだけど、どう?」

「いいですね、胸キュン全開で」

極道な男の口から飛び出した乙女ワードに、貞行の方が思わずキュンとした。

『パラドル』のヒロインは普段は地味な眼鏡《めがね》女子高生だが実は大ブレイク中の人気モデルのルナ。ルナにはもうひとつ秘密があり、自分が通っている高校の教師と学生結婚をしている。そして愛するダーリンは実は大財閥の御曹司《おんぞうし》で――。

というコ具合にこれでもかというほどいにしえの胸キュン設定が詰めこまれた少女漫画だが、古き良き乙女ワールドが現代の女子高生に受けに受けている。

「じゃあ場所も変えようかなあ。学校の保健室とか」

「ベッドがあると際どい感じがしますね」

「強引に押し倒されてあわやのとこで邪魔が入るって鉄板だよね」

ウキウキとネームを直しながら、テンションがどんどん上がっていく。

「いやー、貢藤、舐めててごめんね」

「はい？」

「そんな顔してるけど、おまえ、すっごい少女漫画好きなんだね。真面目な顔して胸キュンとか言うから笑っちゃったよ。あ、いい意味でね」

「…………」

「『パラドル』のこともすごく理解してくれてるし、熱気が伝わってくるっていうか。ああ、これは本当に少女漫画が好きなやつの――」

「仕事なんで」

突き放したような口調に、貞行は直し中のネームから顔を上げた。

「ん？」

首をかしげると、貢藤は気まずそうに目を逸らした。

「自分、元々『サンズ』にいたんです」

「え、そうなの？」

『サンズ』は徳万出版から発行されているサブカル路線の漫画雑誌で、貞行が描いている少女漫画雑誌『ラズベリー』とは百八十度路線が違う。

「契約社員でずっと『サンズ』で編集やってたんですけど、少しずつ売り上げが落ちてきて、半年前に編集部の人員刷新が決まったんです」

「あー……、まあ雑誌はねえ」

ここ数年、雑誌の売り上げは落ちる一方だ。『ラズベリー』には『パラドル』という大黒柱があるのでまだマシだが、その分、貞行のプレッシャーもすごい。

「まだ契約期間が残ってたし、だったら期間満了まで『ラズベリー』を手伝ってくれないかって話が回ってきたんですよ。なんで……」

つまり、貢藤は次の職場が決まるまでの本当の臨時編集だったのだ。元々サブカル系雑誌にいたのなら、少女漫画、特に自分が描いているような恋愛主体の王道キュンキュン系には個人的な興味はないんだろう。上がったテンションが下がっていく。

「……まあ、なんていうか、おまえも大変だね」

「いえ、俺よりも作家の方が大変です。方針が変わって先の予定ごっそり白紙になった作家もいたし、自分にも責任あるんで、できるだけ相談に乗ってますけど」

貢藤は無防備な感じに肩を落とした。

「そんな気に病んじゃ駄目だよ。人気商売は最後は本人の実力なんだから」

「……わかってるんですけど」

「おまえ、結構情に厚いんだね。そんな非情な顔してるわりに」

「非道な顔で悪かったですね」

「うそうそ、ごめん。で、ここのシーンだけど」

笑って打ち合わせに戻ったが、内心は複雑だった。

貢藤は編集として有能で、人間としても情のある男のようだ。

けれど、どれだけ有能でも、自作を愛してくれない編集と組むのはさびしい。

編集だって人間なのだから好きな系統、苦手な系統があるのは承知している。貢藤は仕事として完璧にやってくれているし、だからこそ『仕事だから』というのを上手に隠してくれればよかったのにと思う。そこだけが無性に惜しかった。

元がサブカル系漫画雑誌の編集というのも、微妙に貞行のコンプレックスを刺激する。貞行は自分の漫画に愛情を持っているし、売り上げでも少女漫画界ではダントツ、徳万出版の看板を背負っているというプライドもある。

けれどぶっちゃけると、たまには『深みがある』とか『叙情豊か』とか言われてみたい。貞行にはデビュー以来ずっとサブカル系への憧れとコンプレックスがあった。自分だってその気になったら……とこっそりネームを切ったこともあるが、途中でこれは駄目だとわかってやめた。自分にはサブカル系の才能はない。

「じゃあ、十九日〆切りでよろしくお願いします」

玄関先で貢藤が頭を下げる。内心の葛藤《かっとう》とは裏腹に、打ち合わせが終わってみるとネームはずいぶんと勢いが増してよくなった。結果には満足だが、なんとなく悔しい気持ちが湧き上がる。貞行はキュッと切れ上がった形のいい尻に手を伸ばした。

「おつかれさまーん」

ぺろんと下から上に撫でてやると、

「ぎゃ――――っ」

貢藤は奇声を上げ、漫画みたいに飛び上がった。

「なっ、なっ、なっ、なにを……っ」

荷物を取り落とし、両手で尻を隠して振り返る。

真っ赤な顔でわなわな震えながら、怯《おび》えたように貞行を見つめる。

「ご、ごめん。ちょっとした冗談。出来心だよ」

ホールドアップと両手を上げると、貢藤は慌てて荷物を拾い出し、セクハラされた被害者だというのに、失礼しますと頭を下げて逃げるように帰っていった。

しばらくポカンとしていたが、じわじわと頬がゆるんでいく。そしてついに、ぷ、と吹き出した。一度笑うと弾みがついて、止まらなくなった。

なんだあの反応は。おもしろすぎる。ぎゃーって叫んだぞ。昔、小学校で飼っていたニワトリが確かあんな鳴き声だった。しかも飛び上がった。飛ぶか普通。散々思い出し笑いをしたあと、貞行は足りない酸素を思い切り吸い込んだ。

「あー……、超おもしろい」

真っ赤な顔で逃げていった貢藤を思い出すと、なぜかキュンと胸が鳴った。


先月の地獄をくぐり抜けたのはつい先日だったように思うが、ホッとする間もなく今月の地獄がやってきた。ネームが進まない。ネームが進まない。ネームが……。

「うわ――――――っ」

仕事部屋の椅子に三角座りでクルクル回りながら、こらえきれずに叫んだ。しかし防音の行き届いた高級マンションの最上階ペントハウスはしんと静まり返ったままだ。

「……叫んでもひとり」

尾崎放哉《おざきほうさい》をパロってみてもひとり。貞行は長い金髪をぐしゃぐしゃとかき回し、携帯を取った。履歴を呼びだし、コールすると三度目で貢藤が出た。

『先生、おつかれさまです』

『もう死にたい』

電話の向こうに緊張感が走った。

『なにかトラブルでも？』

『ネームできない』

三秒ほど間が空いた。

『今から会議なんで、終わったらすぐ行きます』

『いつ』

『二時間後くらいには』

『わかった』

電話を切ると、貞行はピンクのカリメロTシャツにジーンズ、スニーカーというものの無職のお兄ちゃんスタイルのままマンションを出た。フロントで呼んでもらったタクシーに乗り込み、徳万出版と運転手に告げる。

ネーム地獄にはまっているときに二時間も待てるか。あのままひとりで家にいたら頭が爆発して、中から鳩《はと》や紙テープが飛び出してしまう。貢藤の小尻でも撫でて、ぎゃーっとニワトリみたいな悲鳴を聞いて噴火寸前の脳を癒したい。

徳万出版にくるのは久しぶりだった。自分がきているとバレたら、編集長や下手すると取締役クラスが下りてきてめんどくさいので、貞行は目立たないよううつむきがちにロビーを歩いた。田舎から上京したばかりで右も左もわからなかったころは編集部を訪ねるのもビクビクしていたが、ヒットを出すたび待遇がよくなり、途中からよくなりすぎて尻の座りが悪くなり、今では滅多に会社には顔を出さなくなった。

——気を遣われすぎると、疲れるんだよね。

とはいえ人が多く出入りする場所には活気があり、さっきまで孤独だった分、余計に気分が高揚する。貢藤を呼び出すのはあとにして、打ち合わせに使うブースがある奥へと向かった。リアルな熱気漂うそこが、貞行は昔から好きだった。ついたてで仕切られただけの狭いスペースのひとつに入り、両隣から聞こえる声にこっそり耳を傾ける。

「やっぱりあの展開、駄目だったんじゃないでしょうか。アンケートが……」

右の部屋から不安そうな女の子の声が聞こえてくる。

「なに言ってんの。新展開入ってまだ二週目じゃないか」

「でも、盛り上がる前に読者離れしたら……」

わかるわかると貞行は腕組みでうなずいた。新展開入ってアンケート落ちると気が気じゃないんだよね。このまま落ちてったらどうしようとか、打ち切りになったらどうしようとか、一旦ループにはまると全体の勢いがなくなって余計ヤバいんだけど。

「最近、もう描くこと自体が苦痛になっちゃって」

今度は左の部屋から、イライラした男の声が聞こえてきた。

「とにかく売れるもの描けって、そればっかりでもううんざりっすよ」

うーん、まあねえ。売り上げは大事だけど、言われすぎると嫌になるよねえ。

「おまえの気持ちはよくわかる」

――ん？

貞行は腕組みをほどき、椅子を移動させて左側の壁に耳を寄せた。

――今の声、貢藤じゃなかった？

「わかるけど、ここはぐっとこらえて踏ん張ってみろ」

やはり貢藤だ。会議と言っていたけど打ち合わせだったのか。しかし『ラズベリー』の執筆陣に自分以外に男性作家はいなかったと思う。これは誰だろう。

「踏ん張るって言っても……。今の『サンズ』で描き続けても作品が腐っていくだけっていうか、これは俺の漫画だって胸張って言えないんです」

なるほど、『サンズ』の作家か。売り上げ不振が原因で編集部の面子《メンツ》を入れ替えたのなら、当然誌面のリニューアルもあっただろう。元からいた作家には気の毒な話だ。

「けどデビューしてまだ一年目だろう。もう少し辛抱できないか」

貞行はカクッとなった。一年目ってまだド新人じゃないか。それで作品が腐っていくとか、おまえはどこの大先生さまですか？　それとも永遠の中二か。

「よそに移るにしても、せめてヒット出してからの方がやりやすいぞ」

え、ヒットも出してないのにそんな偉そうなの？　ああ、でもこういう新人いるよねえ。口だけ達者で、壁にぶつかるとすぐ挫折《ざせつ》するタイプ。最初の同情もぷしゅうとしぼみ、貞行はテーブルに頬杖のだらけたスタイルで枝毛チェックをしはじめた。

「貢藤さんまでそんなこと言うんですか？　売れたらそれでいいんですか？」

なにを今さら、と貞行は切れた枝毛をフッと息で飛ばした。

金をもらって読んでもらうプロとしての心構えが全く感じられない。『サンズ』で描いているなら作風へのこだわりがあるんだろうが、今のままよそに移っても、自社からデビューさせたという義理もないからよけい数字を要求されてきつくなるはずだ。貢藤はそういうことを見越して、古巣の『サンズ』でがんばれ、もしくは移るにしてもヒットを出してからと忠告しているんだろうに。

「貢藤さんまで、読者に媚《こび》売ったような売れ線描けって言うんですか」

「プロなんだから、売り上げは大事だ」

「……っ」

「それでも、売り上げが全てじゃないってどの編集もわかってる」

瞬間、指先に力が入って健康な毛まで抜いてしまった。

貢藤は根気よく励ましの言葉をかけている。本当に顔とは真逆に面倒見のいい男だ。なのについたて一枚はさんだこちら側で、貞行はどんどん不愉快になってきた。

——売り上げが全ての作家でどうもすいませんねー。

貢藤の言っていることは間違ってないし、貞行を否定しての発言でもない。わかっているが、担当編集者の発言として聞くとつい引っかかってしまった。そもそも雑誌も違う作家のお悩み相談を優先して、ネーム地獄にはまっている担当作家を後回しにするってどうなんだ。ムカムカが真夏の入道雲のように成長し、貞行は立ち上がって部屋を出た。

コンとノック一発で隣の部屋に入ると、ふたりはびくっとこちらを向いた。

「せ、先生?」

まばたきをする貢藤をちらっと見てから、貞行は中二に向き合った。

「こら、中二」

「中二?」

生意気そうな小デブがあたりを見回す。

「おまえだよ、おまえ」

貞行は中二に一歩詰め寄った。

「おまえね、さっきからグダグダグダグダグダグダ理想論の皮かぶった自分にだけ都合のいい御託並べやがって、本気で漫画で食べていこうと思うなら、こんなところで愚痴ってる間に一枚でも多く原稿描けよ。そんで石にかじりついてでもヒット出せよ。まずはそこクリアしないと好きなもんなんか一生描かせてもらえないよ？　その前に、何年後かには確実に漫画業界から消えてるよ？　新人は毎年山ほど出てくるんだから」

　貞行は腕組みで薄っぺらい壁にもたれた。

「自分の希望する仕事なんてなかなか就けないし、それでもみんなそれなりに折り合いつけて与えられた場所でがんばってんだよ。僕たちは好きな仕事に就けてる時点でかなりラッキーなのに、そこで我慢できなきゃなんの仕事したって続かないね」

「お、おまえ、誰だよ。そんな偉そうな――」

「小嶺ヤコだよ」

　中二は目を見開いた。

「……って、あ、あの『パラドル』の？」

「はい、『パラドル』の小嶺ヤコです」

　腕組みで顎《あご》をしゃくると、中二はうろたえたように視線を左右に泳がし、いきなり立ち上がった。テーブルに広げていたネーム用紙を乱暴に鞄に詰めこんでいく。

「佐々木《ささき》」

　貢藤が声をかけるが、中二は無視して鞄をたすきがけにして貞行を睨みつけた。

「売れてるからって偉そうにすんな。『パラドル』なんて誰にでも描ける中身空っぽのだせえ少女漫画じゃないか。俺が描いてるのはそんなんと種類が違うんだよ！」

声を荒らげ、中二は逃げるように部屋を飛び出していった。

「佐々木！」

追いかけようとする貢藤のシャツを、待ったと貞行は素早くつかんだ。

「おまえは、誰の、担当ですか？」

問うと、貢藤はぐっと詰まった。

「佐々木の暴言は代わって謝ります。けど今はちょっと、すんませんっ」

貢藤は貞行の手を払って部屋を飛び出していき、ひとり取り残された貞行はポカンとその場に立ち尽くした。

初連載からヒットを飛ばし続けて十七年、徳万の看板作家として担当編集者からこんな扱いをされたことはない。まさかの置いてきぼりにバリバリとプライドがひび割れていく。いや、いきなり乱入した自分も悪かったのだが――。

反省しつつもムカついていると、テーブルに置かれた携帯が目に入った。貢藤のものだ。忘れていったのかと慌てて部屋を出たが、貢藤の姿はすでにない。しかたない。受付にでもあずけておくかと、ロビーへ歩き出したときだった。

「ヤコちゃん？」

声をかけられ、貞行は振り向いた。

「やっぱりそうだ。金髪のロン毛って目立つから」

同時期に『ラズベリー』でデビューした井上七彩《いのうえななせ》だった。昔はよく飲みに行ったが、貞行が別格に売れ出したころから少しずつつきあいが遠のいていった。

「元気そうね。『パラドル』すごいじゃない。映画も続編決まってるんでしょう?」

「うん、まあ」

「いいわねえ、いつまでも感性が若くて。わたしなんてもう年だから」

「そんなことないよ。七彩ちゃん充分若いって」

めんどくさい会話だなーと思いながら、笑顔を作った。

「駄目よー、もう三十八だもん。いつまでもお子さま相手の漫画は描けないし、今度二十代向けの『ベリーフィール』で描くの。働く女子向けリアルお仕事もの」

「へえ、そうなんだ」

「そろそろ年相応に深みのある話を描きたくなったっていうのかな。いつまでも好きだ嫌いだだけでキャーキャーやってるお子さま漫画描くのもむなしいし」

「……はは、そっかあ」

引きつる貞行にふふっと笑いかけ、七彩は腕時計を見た。打ち合わせに遅れるからと笑顔で手を振って去っていく七彩を、貞行は曖昧《あいまい》な笑みで見送った。

――年取って、性格の悪さに磨きがかかったなあ……。

貞行はきたときと同じようにうつむきがちに社を出た。あんなくだらない嫌味で落ち込みたくないが、中二の言葉のすぐあとだったので思いのほか突き刺さった。

――『パラドル』なんて中身空っぽのだせえ少女漫画じゃないか。

十七年休まずヒットを出し続けても、そんなことを言われるのだ。日本の漫画は今や世界的ブームだし、昔と違って漫画家の地位も上がった。そんな中でも貞行の漫画だけは、ぽっかりエアポケットに落ちたかのように評価や賞と縁がない。

少女漫画ジャンルで賞を取るのは、『パラドル』のような恋愛主体の漫画ではなく、恋愛もしつつそれ以外、なにかひとつのことに打ち込んでいる青春群像ものや、舞台設定は地味でも女性の内面に鋭く切り込んだものなどが多い。

徳万出版の看板と言われても、自分の漫画への評価はけして高くないのを貞行は自覚している。たまに心が折れそうになるが、『パラドル』はそれでいいのだとぐっと踏ん張ってきた。

乙女の夢に汗や根性はいらない。必要なのはときめきだ。

平安の昔から、超高貴で、超お金持ちで、超男前の光源氏《ひかるげんじ》に愛されることが貴族の姫の夢であったと紫式部《むらさきしきぶ》も書いていた。それは現代になっても同じだ。幾多の苦難を乗り越えたあと、最後にヒロインを抱きしめるのは金と権力を持った丘の上の王子さまと決まっている。

幼稚園くらいの女の子を見ろ。世間体《せけんてい》なんてどこ吹く風、思ったことをそのまま素直に口に出す。「あたし、大人になったら王子さまと結婚してお姫さまになる」女は五歳にして女だ。しかしその夢は成長するにつれ、実際に口に出したらアイタタタと引かれる類《たぐい》のものになる。そうして多くの女が秘密の押し入れの中にしまい込んだ過ぎ去った日の夢の結晶。それが『パラドル』なのだ。原始的であるがゆえおおっぴらに口に出すことがはばかられ、ゆえに評価もされないという現代社会に咲いた悲しき徒花《あだばな》——。

「あ、すいませーん」

拳をにぎり込んで天を見上げていると、後ろから通行人にぶつかられてよろめいた。考えごとがついエキサイトして周りを見失っていた。悪い癖である。

まあそういう感じで、納得はしているのだけど孤独は拭《ぬぐ》いきれない。超売れっ子のゲイのオネエなんていう絡みにくいキャラゆえ業界に友人も少ない。だからせめて自分の担当編集くらいには本音を言いたいし、自分の作品を愛してもらいたいのだが……。

貞行をほったらかして、中二を追いかけていった貢藤の背中を思い出した。貢藤は元々サブカル系ジャンルの編集なのだから、正直『サンズ』に置いてきた漫画家たちの方に愛情があるんだろう。貢藤には貢藤の事情があるとわかってるが、切ない。

——売り上げが全てじゃないってどの編集もわかってる。

あれは結構ぐさっときた。あの言葉は全くもって正しい。売り上げを抜きにしては語れないけれど、それだけでも創作は行き詰まってしまう。自分の漫画に愛情もプライドもあるのに、たまに落ち込んでしまうのはその狭間で揺れるからだ。

——別に貢藤は僕のことを言ったわけじゃないけどさ……。

でもあの言葉は貞行の痛いところを突いた。どうせ貢藤は『パラドル』なんておもしろいと思ってないんだろうなあとつい自虐的なことを考えてしまう。ああ駄目だ。このままじゃ果てしなく落ち込んでドツボにはまってしまう。

危機感をおぼえ、貞行は踵《きびす》を返して近くの大型書店へ向かった。三階のコミック売り場へ行き、少女コミックの週間ベストテンコーナーをこっそり覗いてみる。二週間前に発売されたのに、未だ『パラドル』が一位をキープしていた。

「『パラドル』ってうちの女子たいがい読んでない？」

「めっちゃおもしろいしね」

ベストテンコーナーの前で『パラドル』最新巻を手に取っている女子高生を拝みたくなった。事故った車のフロントガラス並みにひびだらけだったプライドがみるみる再生していく。ありがとう、きみたち、ありがとうと女子高生に内心でお礼を繰り返す。

「ま、ちょっとお子ちゃま向けだけどね」

——ん？

「そうそう、胸キュンてんこ盛りでかなり恥ずかしいよね」

——え？

「おもしろいんだけどねー」

ふたりはアハハと笑い、貞行はがくっと肩を落とした。

おもしろいならそれでいいだろうに、なにか一言ケチをつけなくてはいけないルールでもあるのか。いや、あの子たちはケチをつけることで『ベッタベタに胸キュンな乙女ファンタジー』を好きな自分を救っているのだ。『わたしはそういうのわかった上で楽しんでいるのよ』というお姉さんポーズ。そういうお年頃なのはわかるが……。

余計なところに行ったせいで余計に落ち込み、貞行はとぼとぼ家路を辿った。疲れたので途中でガードレールに腰かけていると、ふいに肩を叩《たた》かれた。

「兄ちゃん、まあこれでも飲んで元気出せ」

「は？」

缶コーヒーを差し出してくるのは、ジャンパー姿の五十代のオッサンだった。すぐそこで道路工事をしている作業員らしく、今は休憩中なのかみんな一休みしている。

「こんな不況だけど、真面目にやってたらいつか仕事は見つかるさ」

「はい？」

首をかしげてから気づいた。貞行が休んでいたのはちょうどハローワークの前で、どんより溜息などついていたせいで求職中だと誤解されたらしい。

「あの、僕は――」

「にしても兄ちゃん、なんて恰好《かっこう》してんだい。そんな不良みたいな金髪でピンク色の服着て。そんな恰好してたら仕事なんか見つからねえ。もっときちっとしねえと」

「す、すいません」

なぜか謝ってしまった。

「そういや、うちも若いの何人か募集してたな。兄ちゃん、体力に自信あるかい？」

「ないです。普段ペンより重いもの持たないんで」

「ペン？」

「パソコンで原稿描くときに使うデジタルのタブペン——」

「ああ、なんかゲームとかするやつか。パソコン使えるなら経理とかどうだい。知り合いの土木事務所で事務の子が辞めたばっかだよ。計算できたら男でもいいだろ」

「計算とか無理です。漫画のソフトしか使えないんで」

「じゃあなんだい、兄ちゃんは毎日ゲームして漫画ばっか読んでんのかい？」

「そういうわけでは」

説明に困っていると、オッサンはやれやれと腕組みで頭を振った。

「兄ちゃん、そんなんじゃ駄目だよ。多分あれだろう。親が金持っててその年まで甘えさせてくれたんだろう。けど親ってのは必ず子供より先に逝くんだ。そのとき焦っても遅いんだ。楽して金は稼げないぜ？　世の中そんな甘くないんだから。ああ、もう休憩終わりだ。兄ちゃん、まあちょっと心入れ替えて、その髪だけでも元に戻しな」

オッサンはがんばってなとまた貞行の肩を叩いて仕事に戻っていき、貞行はもらった缶コーヒーを手にとりあえず歩き出した。勘違いなのに気分はさらに落ちていた。

あのオッサンは多分いいオッサンなのだ。ハローワークの前で溜息ついてる赤の他人の金髪に親身に声をかけるような面倒見のいいオッサンなのだ。

しかし…………っ、自分は高額納税者である！

力一杯叫びたいのを貞行はこらえた。この理不尽な落ち込みをどこに持っていけばいいのか。

貞行は携帯を取り出し、あるところに電話をかけた。


大通りから脇道に入り、昔ながらの風情が残る路地を奥へと歩いていく。どの家も古くて小さいが、家の前には朝顔や鉄線の鉢が置かれていてこざっぱりしている。

その中の一軒に貞行《さだゆき》は入った。事前に連絡していたので鍵はかかっていない。ただいまーと上がり框《かまち》で靴を脱いでいると、奥から小さなお婆さんが出てきた。

「貞行さん、おかえりなさいまし」

「ただいま、小百合《さゆり》さん。いつも急でごめんね」

「いいえ。でももう少し早めに連絡をもらえれば、もっときちんと用意できて、わたしも腕のふるい甲斐《がい》があるんですけど」

「いいのいいの、いつものが食べたいんだし」

玄関先には醬油《しょうゆ》と砂糖の甘辛い匂いが漂っている。今日は煮魚だろうか。数ある和食メニューの中でも、貞行が最も苦手とする料理だ。

小さな庭に面した畳敷きの居間でゴロゴロしていると、おまちどおさまと小百合が食事を運んでくる。それらを並べ終えると立ち上がってエプロンを外す。

「じゃあ、わたしはこれで。どうぞゆっくりなさってくださいまし」

「ありがとう、おつかれさま」

小百合が帰ってしまっても、貞行はしばらく箸《はし》をつけずに食卓を眺めた。ふっくらと炊かれた白米、鰈《かれい》の煮付け、魚と同じ汁で炊かれたほうれん草と麩《ふ》。豆腐の味噌汁にきゅうりのぬか漬け。今日も見事に貞行の嫌いなものばかりだが、貞行がこういう風に作ってくれと頼んでいるのだから小百合に罪はない。

「いただきまーす」

神妙に手を合わせ、まずは一番苦手な魚の煮付けに箸をのばした。口に入れた瞬間に顔をしかめる。多分おいしいんだろうが、味自体嫌いなのでわからない。貞行が好きなのは洋食だ。煮魚よりハンバーグ、味噌汁よりコーンスープ、米だったらドリアにしてほしい。ぬか漬けは存在が意味不明だ。なんでわざわざ臭くするの？

しかし、実家で出てくる食事はこんな感じだった。和食が得意だった母親の作る苦行に近い食卓を思い出しながら味噌汁を啜《すす》る。うう、しょっぱい……。

現在暮らしているマンションとは別に、貞行は都内にいくつも不動産を持っている。税金対策に購入して税理士に丸投げしているセレブ物件と違い、築三十年以上、猫の額ほどの庭がついたこの古い木造家屋は、誰も知らない貞行の秘密の隠れ家だ。

五年ほど前、たまたま取材でこのあたりを訪れたとき売家の看板を見て、田舎の実家に雰囲気が似ていたので即決した。以来、自力では浮上できない落ち込みに遭遇するたびここを訪れる。普段の管理は近所に住む小百合に頼み、たまにくるときは事前に連絡して、わざわざ嫌いな実家飯を用意してもらっている。

庭に向かって開け放された縁側から、隣の家の住人が見ているテレビの音が聞こえてくる。隣の老夫婦は耳が遠い。今のマンションは最上階フロア全てが貞行のものなので騒音とは縁がない。

普段なら許しがたい隣家からの音漏れという状況の中で、存在意味すらわからないぬか漬けをかじるという奇妙なことをしていると、玄関の引き戸が開く音がした。

小百合が忘れ物でもしたのかと思っていると、ごめんくださいと男の声がした。どこかで聞いた声だ、しかし……と貞行は首をかしげた。恐る恐る廊下から顔を覗《のぞ》かせると、やはり玄関には貢藤《くどう》が立っていた。

「ああ、やっぱりヤコ先生の家でしたか」

貢藤はホッとしたようにこちらを窺《うかが》う。

「……おまえ、なんでここに」

ここは貞行だけの隠れ家だ。どこから情報が漏れた。まさか手塚《てづか》メモか。

「先生、俺の携帯持ってるでしょう」

「え?」

「アイフォンには失くした携帯を探す機能がついてるんです」

あ、と貞行はつぶやいた。

「ごめん、受付にあずけようと思って忘れてた。ロビーで昔の友達に会って」

芋《いも》づる式に七彩《ななせ》の嫌味や中二の暴言を思い出した。

「で、おまえはデビュー一年後の新人作家さまのご機嫌は取れたの?」

嫌味っぽく問うと、貢藤は戸惑うような顔をした。

「別に僕はいいんだよ。貢藤にとっては古巣に置いてきた大事な雛鳥《ひなどり》たちだしね。僕みたいな管轄外のトウの立ったベテランの百倍はかわいいよねー」

「そんなことはありません。先ほどは大変失礼いたしました」

「いいよ、いいよ、どうせ僕の担当なんて臨時だしねー」

ここぞとばかりに拗《す》ねまくってやった。まあいきなり行った自分も悪かったし、貢藤の困り顔も堪能したので、そろそろ許してやるかと思ったとき。

「あいつは、今、崖っぷちなんです」

「ん？」

「『サンズ』はゴタゴタがまだ続いてて、佐々木《ささき》も切られるかもしれないギリギリのラインなんです。だから切られる前に自分から出て行くって形を作りたかったのかもしれない。あいつ、気が小さいくせに虚勢張るようなとこがあるんで」

貢藤は暗い顔で肩を落とした。

「……そ、それは大変……だね」

激しく気まずくなってきた。中二の主張に共感はできないが、窮鼠《きゅうそ》猫を嚙《か》む論理で追いつめられると逆ギレする仕組みは貞行にも身に覚えがある。

「担当作家をほったらかして、なんの言い訳にもなりませんけど」

すみませんでしたと貢藤は頭を下げ、いよいよ居心地が悪くなった。これでは絶体絶命の新人と、それを心配する編集をイビるただの意地悪なベテランではないか。

「ま、まあ、なんとか生き残れるといいね」

ぼそぼそとつぶやき、気まずさを払うために声のトーンを上げた。

「とりあえず、お茶でも飲んでく？」

問うと、貢藤がホッとしたように表情をゆるめた。

「ありがとうございます。お邪魔します」

　貢藤が一礼して靴を脱ぐ。自分から誘ったのだが、ついに最後の砦《とりで》まで攻め入られてしまったように感じた。長く聖域として守っていたここも、手塚メモ（今は貢藤メモなのか）の逃亡先リストに加えられてしまうのだろう。

「えーと、お茶っ葉は……」

　貞行は台所を見回した。いつも小百合が淹《い》れてくれるのであるはずだが、たまにしかこない家の台所などわからない。めんどくさくなったので、自分用に買い置きしてもらっているメロンソーダを冷蔵庫から出して缶のまま持っていった。

「どうぞ」

「ありがとうございます。すみません、食事中だったんですね」

　食卓には食べかけの皿がある。気にしなくていいよと簡単に答え、貞行も腰を下ろして食事の続きに戻った。

「先生、和食も食べるんですね」

　貢藤が意外そうに言う。

「ここは特別。禊《みそぎ》みたいなもんだから」

「禊？」

「色々あるんだよ」

「ここ、ご実家ですか？」

貢藤が居間を見回す。

「違うよ。実家なんか高校出て上京してから一度も帰ったことないもん」

「それはちょっと長いですね。なにか理由でも――」

貢藤は途中で口を閉じた。十五年も帰郷しない理由がいいものであるはずがなく、実家ネタはとかく複雑だ。貢藤はさりげなく庭に視線を移動させた。

「いい庭ですね。小さいけど手入れが行き届いてて」

「無理に話変えなくていいよ。オネエとかゲイにはありがちな話だし」

どうせ攻め入られた城だと、貞行は開き直ってぶっちゃけた。

貞行の生まれた町は一番近い駅までバスで三十分、かわいい雑貨やおしゃれな洋服が買える大きな街までは、そこからさらに一時間半というへんぴな田舎だった。

ゲイやオネエという人種が認知される以前に青春時代を送り、貞行の唯一の楽しみといえば少女漫画を読むことだった。小遣いをぶちこんで買った少女雑誌を親に隠れて深夜読みふけり、登場人物たちが着ているおしゃれな服やかっこいい男の子たちに胸をキュンキュンさせ、読むだけでは飽き足らず、それを描き写して楽しんだりしているうちに、自分でも漫画を描くようになった。男が少女漫画を描くなんてと頭の固い父親から叱《しか》られるたび、母親がまだ子供なんだからと取りなしてくれていた。

危ういながらも平穏だった日常が破綻《はたん》したのは高二のときだ。そのころには少女漫画だけではなくネットでこっそりゲイ雑誌も通販するようになっていたのだが、その日はすごい雨降りで、このままポストに入れたら中に水が染みてしまうと気遣ってくれた心優しい郵便屋さんが、わざわざ手渡ししてくれた。なんと父親に。

——男が少女漫画を描いてるだけでも恥ずかしいのに、その上ホモだと！

顔を真っ赤にした父親からどつき回され、いつも庇《かば》ってくれる母親は台所で泣いていた。最初はごめんなさいと謝っていた貞行だが、ある一言でキレた。

——おまえは頭の病気だ、すぐに病院に連れていく！

セクシャリティと将来の夢、自分という存在を丸ごと否定されたも同然の言葉に、気づけば貞行は座卓をひっくり返していた。オネエモードなど完全に吹っ飛んで、父親とつかみ合いの喧嘩《けんか》になり、意外にも貞行が勝った。若さのパワーだ。

それまで多少なりともあった自分の性癖に対しての罪悪感は、あの日を境に開き直りに変わり、貞行はそれまで以上に漫画に打ち込んだ。絶対に漫画家になってこんな家出て行ってやる。東京《とうきょう》に行けば自分と同じ人種に出会える。恋だってできる。こんなド田舎捨ててやる。『ラズベリー』に投稿作が入選したのは、その冬のことだった。

「高校卒業したその日に上京したね。親は最後まで反対してたから、アパートの保証人もそのときの担当が判ついてくれたんだ。連載も持ってないぺーぺーの新人に」

「それは相当気合いが入ってますね。先生もだけど、その担当も」

「今じゃ専務になってるよ」

「え、じゃあ初代担当って野田《のだ》専務ですか？」

「うん、野田さんは僕の恩人。あの人にだけは一生頭が上がらない」

上京したばかりで右も左もわからない貞行を公私共にフォローしてくれた。野田がいなければ『小嶺《こみね》ヤコ』はいなかったかもしれない。死ぬほど感謝している。

「……すごいな。俺も作家にそう言われるような編集になりたいです」

貢藤の目元には興奮の赤味が差し、目もきらきらと輝いている。いつになく素直な感情の発露に、編集という仕事への情熱が伝わってくる。

「じゃあ、それからずっと親御さんとは音信不通で？」

「うーん、それがそういうわけでも……」

勘当、もしくは家出同然で飛び出して以来ずっと絶縁状態が続いていたが、三年前、『ラズベリー』編集部に母親から突然電話があった。上京したときに携帯を変え、何度も引っ越しをしていたので母親は貞行の連絡先がわからなかったのだ。

編集から聞いたときはオレオレ詐欺田舎の年老いた両親編かと疑ったが、伝えられた番号は確かに実家のものだった。一体なにごとかと嫌な予感にかられて連絡すると、父親が病気で入院していると母親から打ち明けられた。今さらこんなことを頼めた義理ではないけれど、どうか治療費を貸してくれないだろうかと頼まれた。

「なに言ってんだって腹が立ったね」

「え？」

「実の息子に貸してってどういうことだ。返さなくていいって怒鳴っちゃったよ」

「ああ、そっち……」

　貢藤はホッと息をついた。

「ちゃんと治療して父さんも元気になったけど、やっぱり色々気になって、それからもずっと仕送りは続けてさ、去年はついに家まで建てたよ。実家はお祖父《じい》ちゃんの代に建てたボロ家で、あちこち雨漏りしてるとか聞くと放っておけないだろう」

「すごいな。最高の親孝行ですね」

「どうかなあ。その分、親不孝もしたし。近所ではパラドル御殿とか呼ばれて出世物語っぽくなってるみたいだけど、昔のことがあるから複雑は複雑だよね」

　顔が見たいからたまには帰っておいでと母は言うが、そのうちねとごまかしてばかりいる。頭の病気とまで言われた当時の怒りはもうないが、父とは相変わらず電話でも口をきかない。頑固だから怒ったふりをし続けているが、父は貞行の漫画をこっそり読んでいるのだと母は教えてくれる。それも読む用と保管用と二冊。そんなことを聞くとホロリとくるが、やはり似た者親子なのでどちらも先に折れるのは嫌なのだ。

「どんなに喧嘩しても、結局、血がつながってるんですね」

「そういうことだよ」

貞行は苦笑いで肩をすくめた。あんな田舎捨ててやると家を飛び出して十五年、意地の張り通しで一度も帰らないまま、なのに今ではもう取り壊されてしまった実家に似た家を買い、母が作るような飯をまずいまずいと愚痴りながら食べ、へこんだ気持ちを修復している。我ながら相当面倒くさい性格だなと呆《あき》れる。

「しっかしパラドル御殿ってすごいよね。田舎のネーミングセンスには胸が震えるよ」

「町一番の出世頭でしょうね」

貢藤が苦笑いを浮かべる。

「まあねえ。内情知らない他人は好き勝手なこと言うよ」

「内情？」

貞行は肩をすくめた。

「自分の好きな仕事に就いて、成功して、億ション買って、自分が愛するものだけ周りに置いて、二十四時間全部自分のために使ってる。最高の人生ですねって」

貞行は後ろ手をつき、人の顔みたいな木目が浮いた天井を見上げた。

「お金はあっても使う暇はないし、人生の伴侶《はんりょ》どころか恋人もいないし、毎月〆切り地獄にはまってもがいてる。オネエ仲間でキャッキャッしてるときが一番楽しいけど、そういう一時的なもんで自分ごまかして、大事なこと置き去りにしてるんじゃないかってたまに不安になる。たかが風邪とかひいただけでひとりが怖くなる」

　天井に向かって貞行は淡々とぼやいた。

「先生」

「ん？」

「少し休みを取った方がいいんじゃないですか？」

「いいよ。ただの愚痴だし聞き流しといて」

「いえ、大事なことです。ヤコ先生はうちの看板なんだし、不満は耐えきれなくなる前に言ってください。筋の通ったことなら対処します」

　真剣に詰め寄られ、じわりと胸があたたかくなった。

「ありがとう、でも大丈夫だから」

「無理していませんか」

「無理ならいっつもしてるよ。不満もあるし」

「なら――」

「ほんといいの」

　貞行は貢藤を押し止《とど》めた。

「山盛り不満があっても、それでも、僕は漫画を描かなくちゃいけないんだ」

貢藤が怪訝《けげん》そうな顔をする。

「ゲイとかオネエなんて絶対理解してもらえない田舎に育って、子供のころは少女漫画に気持ちを癒してもらって、大人になったら少女漫画でご飯食べて、僕はもうずっと恋愛至上主義どっぷりの世界で生きてる。その間色々あったし、人や自分自身のドロドロしたものも見たけど、それでも心のどこかで『金より愛だ』って信じてる」

貞行は三角座りの膝《ひざ》を抱えてゆらゆら身体を揺らした。

「三十過ぎた男が馬鹿みたいだけど、やっぱ僕の根っこはそこなんだよ。だから愛が全てな十代の女の子たちが食いついてくれる少女漫画をいくつになっても描いてたい。描くことで僕自身も幸せになれる」

たまに取材などで、これだけ儲《もう》けたらもう漫画描かなくても一生遊んで暮らせるでしょうと、嫌味なのかなんなのか趣旨不明の質問をしてくるライターがいるが、こいつ馬鹿だなと思う。ここまでくると金ではなく、自分が生きていく理由のひとつなのだ。

「うん、そうなんだよね」

貞行は改めて確認してうなずいた。

「だから僕はしんどくても描く。孤独な老オネエになっても、ずっと漫画を描く」

止まったら死ぬマグロと一緒で、これからもずっと描き続けて、ペンを持ったまま原稿に突っ伏して死ねたら本望かもしれない。わかっていることでも、口に出すことでよりくっきりと輪郭が浮かび上がってくる。ひとりで納得してうなずく中、じっとこちらを見ている貢藤に気づいた。

「あ、ごめん。つい語っちゃった」

顔が赤くなった。偽実家で偽実家飯を食べて思い出話などしたせいか、つい恥ずかしいポロリをやってしまった。こういうのは口に出すことではない。

「先生は――」

貢藤が真顔でつぶやいた。

「なに？」

「男前ですね」

「は？」

「自分と比べて、なんだか情けなくなりました」

貞行は首をかしげた。

「貢藤は充分男らしいでしょ？　キャサリンたちに兄貴コールまでされてたやつに男前って言われるの、オネエ的に軽くショックなんだけど」

「それは見た目だけの話でしょう。俺が言ってるのは中身のことです」

「中身」

「ゲイで、オネエで、十代で家を飛び出して、将来どうなるかわからない仕事に飛び込んだんですよね。先生がここまでくるのに味わったもんを想像するだけでしんどくなりますよ。それでこれだけ成功してんのもすごいし、ここまで大御所になったら少しペース落として余裕を持って……ってなる作家が多いのに、まだ前のめりに生きてる。どんだけオネエなナリしてても、先生の生き方には芯が通ってる。俺とは違う」

貢藤の横顔は憂鬱《ゆううつ》に沈んでいる。

「貢藤は、どんな自分になりたいの？」

「え？」

「自分と比べて情けないって言ったろ。貢藤にはこうでありたいって自分があって、今がそうじゃないから情けなくなるんだろう。貢藤はどういう自分になりたいの？」

「……どういう自分」

貢藤はつぶやき、そのまま黙り込んでしまった。考えているというのでもなく、ただ言いたくないように見える。貞行は残っていた味噌汁を飲み干した。

「まあ、生きてると色々あるもんだよね」

汁椀《しるわん》を置き、とてつもなく曖昧《あいまい》な言葉でケリをつけた。本当はちょっと興味があったが、言いたくないものを無理に聞きだす趣味はない。

「あのさ、ちょっと仕事の話していい？　この先の」

話題を変えると、はい、と貢藤は表情を切り替えた。

「『パラドル』、そろそろ終わらせたいって前に手塚に言ったんだけど」

貢藤が息を呑んだ。

「聞いてない？」

「すみません」

「そっか。あのね、『パラドル』は最初十巻くらいで終わらせる予定だったんだよ。そのつもりでプロット切ってたし、まあ予想以上に当たって嬉しい誤算なんだけど……」

現在の雑誌掲載分を合わせるとそろそろ十八巻に届く。ここまで続く予定ではなかったので、早い段階で大ネタを使ってしまっている。一度どうしても展開が苦しくなってきたとき連載を終わらせたいと訴えたのだが、そのころには『パラドル』は『ラズベリー』だけでなく徳万《とくまん》の看板になっていて、なんだかんだと宥《なだ》められてしまった。

「続ける以上は絶対おもしろいもの作るって決めてるけど、今の状態でずっとモチベーション保つのは正直しんどい。息切れするというか」

「わかりました。じゃあ、できるかぎり早く休暇の調整を――」

「じゃなくて、ちょっと他の漫画を描きたいんだよ」

「他？」

「もちろん『パラドル』もちゃんと続ける」

「それは他の出版社で、ってことですか？」

緊張の面持ちで尋ねられた。

「違う違う。そんな大ごとじゃなくて『パラドル』以外の漫画ってこと」

看板流出かと焦った貢藤がホッと息を吐いた。

「リフレッシュを兼ねて、単発でっていうことですね」

「そう、でもやるなら新しいことをしてみたい」

「なにか考えてることがあるんですか？」

うーんと貞行は腕組みをした。

「たとえば、小説家とコラボとか」

貞行は棚から小説を取り出した。著者の名前はいとうつぐみ。

「この作家、僕の漫画とは真逆の世界だけど好きなんだよね。なんか綿の雪みたい。冷たそうなのに、触るとふわっとあたたかくて、沁みるより積もるって感じかな」

ぺらぺらとページをめくっていく。

「僕は自分の漫画に愛もプライドもあるけど、もし他の世界に触れられるチャンスがあるなら触れてみたい。脳みその風通しをよくするためにも」

「見せてもらっていいですか」

貞行は小説を渡した。貢藤は表紙をまじまじと見つめる。

「……いとうつぐみ」

「地味だけどコアなファンがついてる作家だよ。寡作だからなかなか新刊出ないのが残念なんだけど。もしコラボするなら、そういう自分とは全く違う人と組みたい」

「知り合いです」

「え？」

「この作家、俺と同じアパートに住んでます」

貞行は目を見開いた。

「いとうさんの担当編集とも飲み仲間で――」

「紹介して」

「は？」

貞行は畳をざりざりと這《は》って貢藤に詰め寄った。

「いとうつぐみ。紹介して。コラボしたいって」

「本気ですか？」

「本気」

すごい偶然に、ぼんやり考えていたことが急に現実味を帯びてくる。

「ごめん、こんなこと頼んだら貢藤の立場悪くなるよね。だから僕がわがまま言ったって編集長に言うから。それが事実なんだし、貢藤はなにも心配しないでいいよ。いとうつぐみに話つないでくれるだけでいいから」

しかし貢藤は眉間《みけん》に皺《しわ》を寄せた。

「……もう少し、俺を信用してください」

「え？」

「筋の通ったことなら対処すると言ったでしょう。そうすることでヤコ先生のモチベーションが上がっていい状態で仕事ができるなら、全力でフォローすんのが俺の仕事です。責任ないとか心配するなとか、おかしな気遣いはしないでください」

「……貢藤」

頼りがいのある言葉に、気持ちの温度がぐんと上がった。編集部が変わっても、以前担当していた作家が相談にやってくるのがわかる。

「貢藤、ありがとう」

真顔で手を取ると、貢藤も真剣な面持ちで目線を合わせてきた。

「手塚が入院して最初は焦ったけど、貢藤が担当で本当によかったよ」

「俺もヤコ先生を担当できて嬉《うれ》し――」

貢藤が途中で言葉を止めた。

「どしたの？」

「……いえ、あの、手を」

「手？」

さわさわと手の甲を撫《な》で回しながら貞行は首をかしげた。

「あの……、それ、やめてくれませんか」

「それ?」

「手を撫でるのを」

「ああ、ごめん、あんまりすべすべしてるから」

その筋の人かと見まごうほどの男が、林檎《りんご》のように頬を染めている様はなにやらひどくかわいらしく、もうひと撫でするとと貢藤はびくっと身体を震わせた。

「あれ、敏感体質?」

「違います!」

勢いよく振り払われてしまった。

「なんだよ。貢藤、さっき言ったじゃん。作家のモチベーションを上げるためなら全力でフォローするって。だったら手のひとつやふたつ気持ちよく差し出してよ」

「差し出せません! だいたい先生はかわいいものが好きなんでしょう。俺みたいな男の手を撫で回してもモチベーションアップにはならないでしょうが」

「うーん、それが困ったことにそうでもないんだよねえ」

極道《ごくどう》一直線の兄貴面な男が、乙女じみた反応をするのがすごくかわいい。耳まで真っ赤にしたり、ぎゃーと漫画みたいに飛び上がったり、そのあと必死で羞恥をこらえている姿など、妙にS心を刺激される。貞行は腕組みでじっと貢藤を見つめた。

「な、なんですか」

「久しぶりに男の気分を味わってる」

真面目に答えると、貢藤は小さく震えた。ああ、怯《おび》えた顔もいい。う〜ん、見れば見るほど奥深い被虐性を感じる。最初の印象とは真逆に、貢藤はやるよりやられる方が似合うタイプだ。下克上《げこくじょう》される若頭とか萌えるよね。うんうんと何度もうなずく。

「な、なにをうなずいてるんですか」

「それは言えません」

妄想で脳みそを活性化させる中、キラッと頭の奥でなにかがきらめいた。

「あ」

つぶやくと、貢藤がビクッとあとずさった。

「な、なにか」

「きた」

「なにがです？」

答えず、貞行は自分の鞄《かばん》からネーム用紙とペンを取り出した。ネーム用紙を机の上に広げようとしたが食事の皿が出しっぱなしだった。手で向こうに押しやったら湯呑みが倒れて少し残っていたお茶がテーブルにこぼれた。

「ああ、なにやってんすか」

貢藤が布巾《ふきん》を取る間にも、貞行はネーム用紙にざっと線を引いてコマ割りをしていく。閃《ひらめ》きは勢いが命だ。丸描いてチョンの人物の横に台詞《せりふ》を殴り書きしていく。

取りかかるまでが長いが、一旦集中すると貞行は早い。作業の間は周りの雑音はほとんど耳に入らず一気にやってしまう。ずっと詰まっていた箇所から最後のページまで描き終え、ペンを離したときは右手が痺《しび》れていた。

「しゅーりょー……」

ぱたんと畳に仰向《あおむ》けに寝転がると、おつかれさまでしたと後ろから聞こえた。

「あれ、貢藤いたの？」

エネルギーを使い果たしてぼけっと問うと、貢藤は呆れた顔をした。

「途中でおやつも出したんですが」

見ると、食卓にはロールケーキの皿が出ていた。

「差し入れ持ってきてたんで」

「ごめん、全然気づかなかった」

貞行は身体を起こし、ロールケーキを手づかみした。貞行の大好きなメコちゃんのミルキーロールだ。紙袋にぺろっと舌を出した女の子の絵が描かれている。

「うん、あまーい」

フル稼働したあとの脳みそを生クリームがやわやわとゆるめていく。

「このまま打ち合わせしますか？」

「うん、ついでだし一気に詰めちゃおうか」

貞行は残りのロールケーキを口に押し込んだ。指にクリームがつき、貢藤がすかさずティッシュを差し出す。ツーといえばカー的なタイミングのまま、打ち合わせもリズムよく終わった。

「おつかれさまでした、じゃあ俺は帰社します。ヤコ先生どうしますか。マンションに帰るならタクシーで送りますけど」

「いい、疲れたしちょっと休んでく」

貞行は再び畳に仰向けに寝転んだ。

「わかりました。じゃあ俺はこれで」

貢藤が立ち上がり、貞行は貢藤の尻を見上げる恰好《かっこう》になった。形よく切れ上がった小尻は下から見るとまた格別にいい。なにも考えず誘われるまま手を伸ばし、するりと撫でたと同時、貢藤は奇声を響かせて飛び上がった。

「なっ、なっ、なにすんですか！」

「ああ、ごめん、ちょっと疲れたからエネルギー補給に」

「そういうのは自分の尻でやってください」

「自分で自分のお尻撫でてなにがおもしろいの？」

「じゃあ俺以外の誰かでなんとかしてください！」

貢藤は顔を赤くし、足音も荒く部屋を出て行こうとする。

「貢藤」

「まだなにか！」

「今日はありがとうね。貢藤のおかげでネームなんとかなったよ」

「……え」

貢藤が振り返る。

「貢藤といると、調子が上がるよ」

寝転んだまま笑いかけると、貢藤の表情がほどけた。

「そう言ってもらえると嬉しいです」

照れくさそうな貢藤の目元に、うっすらと朱が差している。羞恥で真っ赤になってる貢藤もかわいいが、純粋に照れている貢藤もかわいくてキュンと胸が鳴る。

「貢藤」

「はい」

「また、お尻触らせてね」

瞬間、貢藤は形相を変えた。

「お断りします！」

今度こそ貢藤は帰っていき、貞行はしばし楽しい気持ちに浸った。

「ヤコ先生の気持ちはわかるけど……」

先ほどからずっと腕組みで考え込んでいるのは『ラズベリー』編集長、志摩《しま》だ。

「コラボの話自体はいいと思うよ。思うんだけどねえ」

志摩は難しい顔でいとうつぐみの小説をぱらぱらとめくる。

「何冊か読んだけど、この人の小説を漫画にするのはかなり難しいんじゃないかな。やわらかいのにシビアな独特の世界だよね。ヤコ先生の作品との相性を考えると、下手したらどっちの個性も殺すことになる。わざわざそんな危険な橋を渡らなくても」

「相性が悪いのはわかってる。でも僕自身がいとうさんのファンだから、全くなにも通じ合わないことはないと思うんだ。それに新しいことしようとしてんのに、自分と同じタイプと組んだっておもしろくないだろう」

「ヤコ先生の気持ちはわかるんだけど……」

と、また冒頭部分に戻ってしまった。出版社の会議室で志摩と貢藤と貞行の三人でコラボの件について話しているのだが、志摩はなかなか首を縦に振ってくれない。

「じゃあ相性の話は置いとくとして、実際のところ、小説を原作にするなら単発掲載は無理がある。少なくとも前後編、もしくは短期連載。そうなると『パラドル』のページ数を減らすか下手すると休載になる。それは困るよ。来年は映画も公開されるし」

「『パラドル』はきちんとやる。減ページも休載もしない」

「といっても、今でもギリギリ進行だしなあ」

「そのあたりは俺がフォローします」

貞行の隣に座っていた貢藤が身を乗り出した。

「そんな簡単なもんじゃないぞ。漫画はがんばったら描けるってもんじゃない。メンタルが崩れたら一気だし、それで『パラドル』にまで影響出たら——」

「でも、そもそも『パラドル』はここまで引っぱる予定じゃなかったんでしょう。大ネタ使い切って展開難しい中で、それでもヤコ先生はいいもん作ってくれてるじゃないですか。それにメンタルのことを言うなら、編集部の都合優先で作家に描きたいもの描かせない方が怖いですよ。それが原因になって何年も休筆する作家もいるのに」

「休筆って……そんなところまできてるの？」

志摩がこちらを見たので、貞行はすかさずうつむいた。

「貢藤、もういいよ。僕のわがままでみんなを困らせるのも悪いし、僕さえ我慢したらいいんだよ。徳万には恩があるし、僕は死ぬ気で働かないと……」

死ぬ気という言葉に志摩が顔を引きつらせた。

うつむく貞行の肩に、貢藤がそっと手をかける。

「ヤコ先生、俺、もうあのことを編集長に言いますよ？」

「だめだよ、貢藤、それはやめて」

「いえ、ここまできたらもう隠しておけません」

「おいおい、ふたりともなんなんだよ。あのことってなに？」

ふたりだけのやり取りに、志摩が焦って割って入ってくる。

「編集長、実はヤコ先生に小談社の『シュガー』から依頼がきてます」

「『シュガー』？」

ライバル雑誌の名前に志摩の目が鋭く光った。

「ヤコ先生に描いていただけるなら、向こうは新雑誌を創刊すると言ってます。ヤコ先生がコラボを希望するなら、なんとしてもいとうさんを説得するとも」

志摩の目が限界まで見開かれた。ぽろっと今にも眼球がこぼれそうで怖い。

「ヤコ先生、『シュガー』からそんな話が？」

看板作家流出の危機に志摩が青ざめる。

うつむいて答えない貞行の代わりに、貢藤が難しい顔で代弁する。

「編集長に心配させたくないからとヤコ先生は黙ってたんです。俺も少し前に聞いて驚きました。だから今回はヤコ先生の気持ちを尊重した方がいいと思って……」

「馬鹿野郎、そういう大事なことは早く上に通せ！」

声を荒らげた志摩に、申し訳ありませんと貢藤は頭を下げた。

「俺も全力でヤコ先生のフォローをします。編集長、ここは決断を」

貢藤はテーブルにおでこがつくギリギリまで頭を下げた。しん……と会議室に静寂が漂う。

しばらくのあと、志摩がバンとテーブルを叩《たた》いて立ち上がった。

「やってやろうじゃないか。『シュガー』にヤコ先生まで取られてたまるか！」

会議室に志摩の雄叫《おたけ》びが響いた。


「では、第一ハードル突破を祝って」

その夜、キャサリンの店で貞行と貢藤はグラスを合わせた。コラボ相手であるいとうつぐみとの交渉はこれからだが、とりあえず第一関門は突破した。

「でもあんな嘘ついて、編集長には申し訳ないことしましたね」

貢藤が複雑そうにジンジャーエールを飲む。アルコールに弱いのだ。

「嘘じゃないよ。描いてくれるなら雑誌を立ち上げるとか、コラボでもなんでも条件を呑むって依頼はあちこちから腐るほどきてる。志摩もそれぐらい承知だろ」

「え、じゃあなんで編集長はあんな……」

「そりゃあ『シュガー』の名前を出したからだよ」

「まあ、一番のライバル雑誌ですし」

それもあるけど、と貞行は含み笑いをした。

「『シュガー』の編集長と志摩はW大の同期で、その昔、彼女を取り合った仲なんだよ。軍配はあっちに上がってめでたく結婚、志摩は未だ独身」

貢藤はぽかんと口を開けた。

「そうか、それで『ヤコ先生まで』だったのか……」

貢藤はハッとこちらを見た。

「じゃあ、編集長の古傷を知っててえぐったんですか？」

「僕はただ、そういう話があるって事実を言っただけだよ」

機嫌よくシャンパンを飲む貞行を、貢藤は悪魔を見るような目で見た。

「それはともかく、いとうさんにちゃんと話通しといてね」

「はい、それはもちろん」

「時間かかってもいいから、なんとか口説き落としてね。頼りにしてるから」

貢藤の肩に頭を乗せてすりすりしながら見上げると、

「はい、踏ん張らせていただきます」

と貢藤は恭《うやうや》しく貞行の頭を押しのけた。

「ほんとよろしくね」

とまた頭を乗せる。

「最大限努力いたします」

とまた押しのけられる。

そんなことを繰り返していると、隣でキャサリンがいきなり立ち上がった。

「ちょっとヤコちゃん、自分だけ兄貴とイチャイチャしてないで、あたしたちもいいかげん混ぜてよ。兄貴がきてくれるの、あたし一日千秋の思いで待ってたのよ！」

「ママだけじゃないわ。あたしたちだって！」

席に着いていたオネエたちからもブーイングが飛んでくる。

「ごめんごめん、じゃあ僕は見学に回るから、みんなお好きにどーぞ」

貞行が向かいの席に移動すると、貢藤はまばたきをした。

「お好きにってなにを………ひっ、ひいいいい――――っ」

全てを言い終わらないうちにギラギラと欲望に目を輝かせたオネエたちに襲いかかられ、貢藤は悲鳴を上げた。ヒゲのそり跡も青々としたキャサリンにしなだれかかられ、反対からは御年六十を迎えるベテランオネエに頬チューをされ、ソファの背越しに貢藤の首筋を嗅いでいるのは匂いフェチの薫《かおる》ちゃんだ。餓えたオネエたちに顔や胸元や太ももやもっと際どい場所まで撫でまくられ、貢藤はパニックに陥った。

「こ、こら、おかしなとこ触んじゃねえ、あ、や、そこ、あっ、ああ――――――っ」

喘《あえ》ぎと絶叫がミックスされた悲鳴に、オネエたちは一斉に色めき立った。

「ぎゃーっ、兄貴、なにそのかわいい声！」

「もっと泣かせてみたいわーっ」

「ざけんな、てめえら、あ、ひっ、やあっ、あっ、あっ」

欲望列車オネエ号に乗せられ揉《も》みくちゃにされている貢藤を眺めていると、複雑な興奮が背筋を駆けていく。くそ、貢藤に触るな。それは僕のだ。なのにひどい目に遭って泣きが入っている貢藤を見ていると胸がキュンとする。Sっ気とMっ気が同時に発生して、たまらない倒錯した気分が湧《わ》き上がってくる。ふっふっふっ。

「ヤコちゃん、その笑い方やめて。怖いわ」

隣に座っていたソフィアから怖いものを見るような視線を向けられる。

「普段ラブリーなのに、ヤコちゃんってたまにドS入るわよね」

「そんなことないよ。僕はエブリデイラブリーだよ」

にこっとほほえむと、ソフィアは「かわいそうな兄貴……」と溜息《ためいき》をついた。


狂乱の兄貴パーティの一ヶ月後――。

「ではでは、コラボ決定を祝してかんぱーい」

その夜、貞行は貢藤とフレンチレストランで祝杯をあげた。最初キャサリンの店へ行こうと誘ったのだが、前回ひどい目に遭った貢藤に強行に拒否された。

今日の昼間、コラボ相手であるいとうつぐみと直接会って話をしてきた。ペンネームや作風からてっきり若い女性だろうと緊張していたが、つぐみは貞行よりも少し年上の男だった。そよ風にも飛ばされそうな繊細な雰囲気だったが、話をするうちにやはり創作者として芯の通ったものを感じ、話すほどに貞行の熱は高まった。

それはつぐみも同じだったようで、最後は「よろしくお願いします」と頭を下げ合った。互いのスケジュールも調整しなくてはいけないので、実際に作業に入るのは来年になるが、もう今から楽しみで、相乗効果で『パラドル』にも熱が入る。

「原作許可もらえただけでもラッキーだったのに、まさか書き下ろししてくれるなんて思わなかった。あー、どうしよう、すごい嬉しい」

「いとうさんは一作一作じっくり取り組む作家さんですからね。書き下ろしだったら細かいところまで作風のすり合わせもできるし、きっといいものが作れます」

「うん、一からってのがいいよね」

いい気分のまま、前菜に合わせて白ワインを開けた。貢藤は酒が強くないが、せっかくのめでたい日なのでつきあいますと自分から言ってくれたのが嬉しい。ミニ薔薇《ばら》の蕾《つぼみ》みたいな生ハムの前菜に、冷えた白ワインはよく合った。

「せっかくの試みなんで、掲載誌も『ラズベリー』じゃなくていいと思うんですよ」

「年齢層高めの『ベリーフィール』とか？」

「いいえ、思い切って『サンズ』でやるのもおもしろいんじゃないですかね」

予想外の言葉に、貞行はまばたきを繰り返した。

「え、でもあそこサブカル系だし、読者から拒否反応起こされそう」

「先生言ったじゃないですか。どうせやるなら全く違うことって」

「言ったよ。でも『サンズ』は……」

貞行は宝石のような華やかな香りの白ワインを飲んだ。

「ああいうのは苦手ですか？」

そうじゃない。逆に憧れているから躊躇《ちゅうちょ》してしまうのだ。サブカル系の描き手は無意識に少女漫画というジャンルを下に見ていることが多い。特に『サンズ』はお家騒動の真っ最中で作家側もピリピリしているだろう。お手並み拝見という視線の中で、派手にスッ転んだときのことを思うと正直腰が引ける。

「土俵としては厳しいものがあるんで、無理にとは言いませんけど」

わずかに笑いを含んだ口調に、貞行はムッとした。

「なんだよそれ、ジャンルはどうでも僕は僕の漫画を描くだけだ。『サンズ』上等だよ。やってやろうじゃん」

「さすが先生」

貢藤がニッと笑う。

「……おまえ、煽《あお》ったね？」

「まさか、そんな畏《おそ》れ多い」

と言いながら目が笑っている。ムカついたので貢藤のグラスにどばっとワインを注いでやると、酒の弱い貢藤はぎょっとした。ニヤニヤしながら見ていると、覚悟を決めたようにいただきますと飲み干した。ふふーん、ざまあみろ。高いワインをもったいなさすぎる飲み方で空けてしまい、ソムリエに適当なのをもう一本頼んだ。

「そういえば、ちょっと聞きたかったんだけど」

「はい」

「貢藤って契約社員で『ラズベリー』は臨時だよね。じゃあ僕がコラボに取りかかるころには、おまえはいなかったりするの？　そのころには手塚も退院して現場復帰してるだろうし、そうなったらコラボは手塚が引き継ぐの？」

以前はあまり考えなかったことが、最近、気になりはじめた。新品のタオルが使い込むうちにこなれていくように、貢藤との関係を心地よく感じれば感じるほど、期間限定のパートナーだという事実が引っかかってきたのだ。

「まさか、そんな無責任なことはしません。コラボが終わるまでは『ラズベリー』に残してもらえることと、手塚さんが復帰してもコラボに関しては俺がアシスタントに入れるよう編集長には話を通してあります」

　そうなのかとホッとしたが、

「そのあとはわからないですけど」

「じゃあ僕が――」

　貞行はハッとした。

「あ、ううん、なんでも」

　――じゃあ、僕が志摩に契約延長してくれるように頼むよ。

　それは口にしてはいけないことだった。貢藤は元々サブカル系雑誌の編集なのだ。今は熱心に貞行をフォローしてくれているが、それは貢藤の編集者としてのプライドと責任感で、本音は自分の好きなジャンルに戻りたいに決まっている。

　コラボも決まって、上がっていたテンションがするする落ちていく。せっかく慣れたと思ったら、また担当替えになるのか。いや手塚が戻ってくるのだから、元に戻るだけだ。なのに必要以上の寂しさを感じている自分に戸惑った。

　貢藤は編集として優秀で、けれど優秀さだけなら代々の担当編集だってひけは取っていない。けれどそれ以上に、貢藤と一緒にいるといい感じに心を刺激されるのだ。顔に似合わない乙女な赤面癖や尻を撫でたときの笑えるリアクションなど、貢藤ひとりでキュン成分を補充できるので、以前のように即席彼氏を作る必要も感じない。

しかしそれってどうなんだ。仕事とは別の部分でヤル気スイッチを押され、結果仕事がはかどっているのなら、それはやはり貢藤の編集としての優秀さの証《あかし》なのだろうか。手の平でコロコロ転がされているということなのか。だとしたら——。

——貢藤……、恐ろしい子。

某演劇少女漫画みたいに目の中を白くさせているうちに食事はメインの鴨《かも》へと進んでいき、ワインも料理に合わせた重ための赤になっている。

「……おいしい」

ぽつりとしたつぶやきに貞行は意識を戻した。弱いくせにかなり飲んだのか、貢藤はとろんとした目で肉、ワイン、肉、ワインの永久運動に入っている。それはそのまま次のチーズ、ワイン、チーズ、ワインへと進み、デザートに辿《たど》り着いた。

「……とろける」

貢藤はゆらゆら揺れながら季節のフルーツタルトを食べている。渋い兄貴面はすっかりゆるみきり、うっとりとタルトを食べている様がコワかわいい。

「貢藤、甘いの好きなの？」

問うと、貢藤は酔いでとろんとした目で首をかしげた。スイーツ好きの貞行のためにマンシヨンを訪ねるときは毎回必ず甘いものを差し入れをしてくれるのだが、貢藤はいつも自分は結構ですと食べない。苦手なのかと思っていたが……。

「貢藤？」

再び問うと、貢藤は悲しい顔でうつむいた。

「……恥ずかしいから、内緒れす」

その瞬間、貞行の中でキュンの大波が炸裂《さくれつ》した。「内緒れす」って、なんだそれ。やばい。やばいくらいかわいい。貞行は自分のデザートの皿をそろそろと貢藤の方へ押していった。臆病な猫ちゃんを手懐《てなず》けるように、恐る恐る問う。

「……これも、食べる？」

しばし考えてから、貢藤はコクンとうなずいた。うつむきがちに赤く染まった顔で一生懸命タルトを食べている貢藤を眺めていると胸が震える。なんだか意味不明な感動と共に食事を終え、店を出ると貢藤の足元が危なっかしいことになっていた。

「危ないからこっちおいで」

貢藤の手を引っぱって歩道側へ導いた。

「……すいません。なんだか足が言うこと聞かなくて」

「ワインは腰にくるからね。ほら、つかまって」

貢藤の腕を持ち、強引に自分の肩につかまらせた。普段なら絶対逃げるはずが、くたりと身体をあずけてくる。うん、これはかなり酔っている。

「すぐそこだし、今夜はうち泊まる?」

のぞき込むと、貢藤は首だけひねってこちらを見た。

「そこまで迷惑は……」

「遠慮しないでいいよ。こんなんでひとりで帰すの心配だし」

さりげなさを装う裏で、不穏に胸が騒ぎだした。この展開はもしや。いやいや単に泊めるだけだ。が、あらゆる可能性を考えて焦るのが男の性《さが》である。しかし不思議だ。見た目こんなに男らしい貢藤といるのにオネエメーターはピクリとも動かず、最近錆《さ》びついていた男メーターばかりが反応しまくる。最初はおもしろかったが、ここまでくると自分のアイデンティティがぐらついて不安になってくる。

「えーっと、じゃあ行こっか」

妙に照れながらマンションに向かいかけたとき、貢藤の携帯が鳴った。

「いいよ、このまま出な」

貢藤はすいませんと小さく頭を下げ、貞行の肩につかまったまま片手をジャケットのポケットに入れ、携帯の通話ボタンを押した。

『貢藤さん、俺、もう駄目ですうううう――――っ』

密着しているので、その絶叫は貞行の耳にまで届いた。

『佐々木？』

この間の中二だった。貢藤の声が一瞬にして仕事バージョンに切り替わり、すっと貞行の肩から腕を外した。

『え、掲載予定白紙？　あ、いや、今は——』

チラッと視線を向けられ、貞行は指でOKマークを作った。貢藤は申し訳なさそうに頭を下げ、通りから奥まった路地へ入っていった。

短い会話から察するに、中二は『サンズ』から切られたのだろう。同じ職業につく先輩として同情する。だがしかし、なにもこのタイミングじゃなくていいだろうに。

『うん……。うん……。馬鹿、なに言ってるんだ』

貢藤はビルの壁にもたれて身体を支え、難しい顔であいづちを打っている。べそっかきの中二を落ち着かせようとしているのだろう。さっきまで酔いでフラフラだったくせに責任感の強い男だ。そういう貢藤に自分もずいぶん助けてもらっている。しかし。

——なんか腹立つなー。

貞行はイライラを隠して歩道のガードレールに腰かけた。貢藤が貞行のフォローをしてくれるのは仕事に対する責任感で、けれど今中二を励ましているのは責任感＋愛情で、天秤《てんびん》に載せたらどちらに傾くかは一目瞭然《いちもくりょうぜん》である。

それがやたらと腹が立つ。先日だって中二を優先して貞行を置いてきぼりにしていったのだ。

小嶺ヤコにそんな無礼を働く徳万社員はあいつくらいだ。ああ、なんかすごくおもしろくない。自分といるときに他の作家に構うな。他の作家に優しくするな。

沸々と怒りながら、なんだこの腹立たしさはと自問自答した。編集に対してこんな気持ちになったことはない。これはまさか恋なのか？　いや、まだわからない。つうか早く電話切れよ。いつまで喋《しゃべ》ってんだよ、中二、僕と貢藤の邪魔をするな。

平静を装いながら、貞行は内心で歯噛みした。くそ、オネエモードなら今すぐ歩道に泣き崩れて芸者座りでメソメソできるのに、貢藤の前ではそれをしたくない。やせ我慢というなんの得にもならない男システムが貞行の中で機能しまくっている。

――ううう――――、これだから男ってヤなんだよ。

辛抱しきれず、貞行は大股で貢藤に近づき、携帯を奪い取った。

「先生？」

慌てる貢藤を手で制し、貞行は携帯を耳に当てた。

『もしもし、中二？　おまえ「サンズ」切られたの？』

『だ、誰？』

『小嶺ヤコだよ。こないだ会ったろう』

『小嶺っ！　…………先生』

危うく呼び捨てにされかけた。貞行は怒りをこらえて続けた。

『おまえ、暇ならとりあえずうちにアシにこいよ。ちょうど募集中だから』

『はあ？　なんで俺が少女漫画なんか』

『ばーか。そんな選り好みしてられる立場か。おまえみたいな馬鹿に教えてやることなんかひとつもないけど、そうやってベソベソ泣いてるよりは僕の手伝いしてる方がよっぽどこの先の漫画人生につながるんじゃないの？』

一瞬、間が空いた。

『……この先の漫画人生って、そんなの俺にはもう』

ぐすっと洟《はな》をすする音がする。デカい態度に反比例して根性がない。

『おまえが諦《あきら》めなきゃあるよ。それともすっぱり辞めて田舎帰る？』

『い、いやだ。それに俺の家は田園調布《でんえんちょうふ》だし』

お坊ちゃまか。余計に腹が立った。

『とにかく、うちこいよ。おまえが舐《な》めてる少女漫画がどんなもんか見せてやるよ』

『……でも』

『つべこべ言わずにはいって言え！』

『は、はいっ』

『明日にでも貢藤に電話させるから。じゃあ、おやすみ』

『あ、貢藤さんに代わっ——』

『おやすみ！』

貞行は無情に通話を切った。はいと携帯を返すと、ポカンとしている貢藤と目が合って、バツが悪くなった。ブチ切れた現場を目撃されてしまった。恥ずかしい。しかし今さらどうしようもない。ぶすっとしていると、貢藤がつぶやいた。

「……カッコいい」

「え？」

「この先の漫画人生、おまえが諦めなきゃあるって。あれ、効いたと思います。同業の先輩に言われるのは重みが違うし、ましてや小嶺ヤコに言われたら」

「別に励ますつもりじゃなかったけど」

それどころかヤキモチの結果だとは言えない。まあ本音ではあったが。

「先生、ありがとうございます」

中二の代わりなのか、貢藤が頭を下げる。その拍子に軽くよろめき、慌てて肩を支えてやった。すいませんと貢藤が小さく謝る。電話を切って酔いが戻ってきたのだろう。打って変わって無防備な様子に、今までとは種類の違う甘い波が押し寄せてくる。

——あー……、なんだこれ。これはやっぱアレなのか。

アレとはもちろん恋のことだが、いつも「恋したーい」と言ってるアレとは全く違う雲行きに、ざわざわと嫌な予感が立ち込める。「恋したーい」と言ってする恋は、感覚で言うと三時のおやつに似ている。別になくても死んだりしない。

今の気持ちは、それとは違う。おやつみたいに気軽に食べ散らかして作品に還元して終わり……と使い捨てられる気がしない。これは主食だ。パンだ。米だ。

じわじわと危機感が込み上げてくる。本気の恋愛は本気度に比例してめんどくさく、こじれると多かれ少なかれ仕事に支障をきたす。それ以前に貢藤はノンケだし二乗でめんどくさいだろう。というか、こんなことを考えている時点ですでにめんどくさい。

「……貢藤」

「はい」

どうしよう。呼びかけたはいいがなにも言葉が出てこない。意識してないときはなんでも言えたのに――。自分が腹立たしくて思わず舌打ちしてしまった。

「先生？」

「ごめん、なんでもない」

「なんでもないのに舌打ちはしないでしょう」

貢藤が覗き込んでくる。距離が近い。通りから少し入った路地で人目はなく、よからぬ衝動が湧いてくるが、いやいや、ここは自制しろと顔を背けた。

「言ってください。俺がなにか失礼なことを……」

貢藤はますます距離を詰めてくる。普段は切れ味のいい目元が、今は酔いでゆるんで妙に色っぽい。やめて、それ以上近づかないで。ちょ、近づくなって。忍耐の緒がブチ切れるだろうが。内的闘争を繰り広げながら、手は勝手に貢藤の細腰に回ってしまう。

「先生？」

そのままぐいと引き寄せて、唇を合わせた。一秒、二秒……、触れ合わせているだけのキスだが、貢藤はピクリとも動かない。

——あれ？　嫌がらない？

——もしかして、貢藤もこっち側？

——えーっと……、じゃあ舌でも入れ……、いや、初回だしやめとこう。

身体を離すと、至近距離で目が合った。どうしよう。予想外の展開にどういう顔をしていいのかわからない。しかしいい年した男ふたりがもじもじ見つめ合っているのもなんなので、ここはとりあえずもっかい行くかと再び唇を寄せたとき、

「……ひっ」

短い悲鳴が響き、顔面にべちゃっと大きな手の平が張りついた。

「ん？」

指の隙間から見える貢藤の顔は引きつりまくり、夜目にも赤く染まっている。ほんのり紅色なんてものではなく、耳や首筋まで燃えるような深紅が広がっていく。

「貢藤？」

顔面に貼りつく手の平を引っぺがそうとすると、貢藤は貞行の手を振り払った。そのまま勢いよく踵《きびす》を返し、脱兎《だっと》のごとく通りへ駆け出していく。

「貢藤！」

呼びかけたが貢藤は振り返らず、やってきたタクシーを停めて乗り込んだ。

貞行は走り去っていくタクシーを茫然《ぼうぜん》と見送った。

——な、なんなの？　一体なにが起きたの？

男女七歳にして席を同じうせずな明治の女学生のごとき逃げっぷり。どこかの組の若頭みたいな強面《こわもて》の男が、たかがキスくらいでシャツから出ているところは顔も首も耳も、手まで熟したイチゴのように真っ赤に染め——……。なんたる。なんたる。

——なんたる、かわいさ！

っていうか、なんだあれは。あんなにおとなしくキスさせてたのに、と考えて気づいた。もしや抵抗しなかったのは受け入れてたんじゃなくて、ビックリしすぎて動けなかったんじゃないか。もしくは恐怖で硬直していたんじゃないか。

——だとしたら……。

すーっと血の気が引いていく。遥か遠くの沖合から、キュンの大波のさらに上をいく後悔という名のビッグウェンズデーがやってくる。逃げる間もなく巨大な波に頭から呑み込まれ、貞行はその場に崩れ落ちそうになった。

「それはもう、本気、なんじゃないですか？」

ビッグウェンズデーから三日後、リビングのソファの向かいでトキオが言った。

トキオは貞行の元本命彼氏だったが、田舎から片想い相手だった幼馴染みが上京してきて、結局そっちと元サヤにおさまってしまい、貞行は振られるという悲しい結末を迎えた相手だった。当時は駆け出し漫画家兼貞行のアシスタントという立場だったが、今やサブカル系では気鋭の若手として注目を浴びる立派な売れっ子漫画家だ。

自分より十以上年下だが、インスタントな恋ばかりの中でトキオは違った。貞行が憧れる独特の世界観を持ち、それを表現する才能に溢《あふ》れ、恋愛以外でも惹かれるところが多かった。だから恋が破局した今でも、師匠と弟子としてつきあいが続いているのだ。

今日は修羅場中の貞行を手伝いにきてくれたのだが、作業に入る前にどうしても話を聞いてほしくて、仕事部屋に行く前にリビングに引っぱってきてしまった。

「でも相手は担当編集者だよ。トキオだったら恋する？」

「しません。この世で一番恋とは切り離しておきたい相手です」

「僕もそう思う。作品挟んでやり合う相手と恋もするなんて省エネすぎて逆に消耗するよ。なんでこんなことになってるのか意味がわからない。最初は怖い外見に似合わずちょっとからかうとパッと赤くなるとこがかわいかっただけなんだよ」

「はあ」

「なんていうか、必死こいて羞恥に耐える姿に妙にS心を刺激されるんだよね」

「へえ」

「そのうち、もっと泣かせたいとか思いはじめちゃってさ」

「ほう」

「今は普通に笑ったり照れてる顔もかわいく見えてきて、なのになんか苦しい」

「まさしく本気ですね」

トキオがあっさり言い、沈黙が漂った。

バタッとソファに倒れ込んだ貞行を見て、トキオはニヤリとした。

「……やっぱり?」

「漫画に関しては一切妥協しないヤコ先生が、仕事中に、仕事以外の悩みで仕事部屋を抜けだしてる時点でわかると思いますけど?」

返す言葉もなく、貞行は顔をしかめた。

「元カレってやだわー、全部お見通しって感じ」

「そういうわけじゃないですけど」

「言っとくけどね、僕はトキオのときだってすごく悩んだよ?」

そう言うと、トキオは困ったように口元を曲げ、貞行はふふーんと笑った。年齢以上にしっかりしているところがあるが、トキオはまだ二十代前半なのだ。

「けど貢藤って三十になるんだよね。それがあの反応ってかなりつらいよ。任俠《にんきょう》の世界で生きてる極道みたいな顔で、明治の生娘みたいな逃げっぷりって……」

「顔は関係ないでしょう」

「あるよ。ギャップがかわいすぎてつらいの。キュン死にしそう」

「そっちですか」

貢藤さんもかわいそうに……とトキオは溜息をついた。

「で、キスのあとなにか進展は？」

「ない。顔どころか声も聞いてない。ちょうどネームの打ち合わせは終わってたし、細かい確認とかはあるけどメールですむ用事ばっかだし」

「ちゃんと話したほうがいいですよ。長引くとこじれるし」

「……わかってるんだけど」

直接会ってすごい軽蔑《けいべつ》のまなざしを向けられたらどうしよう。隙あらば尻を撫でたりキスをしたり、立場を笠にきたセクハラ作家だと認定されていたらどうしよう。でも違うのだ。今までのちょっとした冗談と、このあいだのキスは性質が違うのだ。でもそんなことは被害者には知ったこっちゃなく、されたことが全てで、悪で、罪なのだ。

「そういえば、俺もちょっと気になる話を聞いてますよ」

クッションを抱きしめて悶《もだ》えているとトキオが言った。

「気になる話？」

「貢藤さん、『パノラマ』にくるかもしれない」

「えっ？」

貞行は身体を起こした。『パノラマ』はトキオが連載をしている漫画雑誌で、貢藤が以前いた『サンズ』と同系統のサブカル系では名の通った老舗《しにせ》レーベルだ。

「俺の担当から聞いた話なんですけど、以前『サンズ』にいて今は『ラズベリー』で臨時やってる編集がいるって。かなりできるやつだから、『パノラマ』にきてほしいって口説いてる最中だって。それ、貢藤さんのことですよね」

「……わかんない。なにも聞いてないもん」

貞行は険しい顔でクッションを抱きしめた。貢藤は元々そっちジャンルの編集なのだから、声がかかっているなら『パノラマ』に行くのが普通だろう。でも自分のコラボ企画が終わるまでは『ラズベリー』にいると断言した。でもそのあとは？　コラボの話が本格的に動きだすのが来年だから少なくとも——。

「小嶺先生」

ふいにリビングのドアが開いた。入ってきたのは佐々木こと中二だ。中二は今月から貞行のところにアシにきている。機械モノは抜群にうまいが、貞行の漫画にはあまり機械が出てこないのでシコシコ建物などを描いている。アシとしては七十点くらいか。

「あのー、チーフさんがペン入れ進めてくださいって言ってますけど」

思わず今それどころじゃないからと言おうとして、いやいや、〆切り前に原稿より大事なことなどないだろうと慌てて立ち上がった。

「あの、もしかして仲村《なかむら》先生ですか？」

中二が恐る恐るという感じでトキオに話しかけた。

「そうだけど」

「やっぱり！　あの、俺、前から仲村先生のファンで。なんでこんなところに？」

こんなとこで悪かったなと貞行はこめかみに青筋を立てた。

「トキオは僕の弟子なの。前はうちでアシやってたし」

「ええっ、仲村先生が少女漫画なんかの――」

トキオがすかさず中二の脳天にスコンと手刀を振り下ろした。さすがに失言に気づいた中二はすみませんと貞行に頭を下げ、しかしすぐにトキオに向き直った。

「ってことは、小嶺先生を通じて仲村先生は俺の兄弟子になるんですね」

「おまえを弟子にした覚えはないんだけど」

中二は貞行の言葉など聞いちゃいない。

「仲村先生、最初ここきたときガッカリしませんでしたか。少女漫画のアシは若くておしゃれな女の子ばっかりって聞いてたから期待してたのに、みんな生活に疲れたおばさんみたいで、前髪とかチョンマゲくくりしてて女子力の欠片《かけら》もないんですよ」

「おまえ、職場になにしにきてんだ」

トキオが呆れたように言い、貞行もついにキレた。

「修羅場の漫画家んちは戦場だ。働いてるのは女子じゃなくて武士なんだよ！」

後ろから中二に蹴りをかまし、床につんのめったその背中を踏んづけて貞行は仕事部屋へと戻った。修羅場も二日目、第一波エンドルフィンが出はじめ、やたらハイなアシたちの会話が飛び交う中、貞行は鼻息も荒く自分の机に向かった。

モニターに向かい合い、タブペンをにぎり、画面に映る下描きの上からペン入れをしていく。芸能人は歯が命。少女漫画のヒロインは目が命。丁寧に瞳を描いていく。あ、失敗した。修正してもう一度。また失敗。時間がないのになぜか集中できない。

——貢藤さん、『パノラマ』にくるかもしれない。

さっきの話がぐるぐる回っている。貢藤のことを考えると線に迷いが出てしまう。イライラが最高潮に高まり、貞行はぐしゃぐしゃと金髪ロン毛をかき回した。

「あああ————も————っ」

貞行は唐突に吠え、室内には恐ろしいほどの静寂が漂った。目線を上げると、アシたちはみな凍りついたように手を止めてこちらを見ていた。

待ち合わせのカフェに行くと、貢藤はもうすでに待っていた。

「ごめん、待った?」

「いえ、俺もきたばっかなんで。あ、なににしましょう」

「クリームソーダ」

貢藤がウェイターにクリームソーダを注文する。ウェイターが去ったあと、ふたりが向かい合うテーブルに沈黙という名の気まずい川が流れた。痛恨のビッグウェンズデーからなにも話し合わないまま〆切り地獄になだれ込み、原稿の受け渡しはバタバタと一瞬で終わってしまい、きちんとこうして顔を見るのは久しぶりだ。

「元気だった?」

問いかけてから、自分の担当にする質問じゃないことに気づいたが、

「元気です」

貢藤もギクシャクと答える。その口元がわずかに引きつっていて、これは駄目だと思った。会ったらまずキスの件を謝ろうと思ったが、まだ本題に入るべきじゃない。まずはゴミ袋を手に井戸端会議をする主婦のように世間話から攻めるべきだ。

「今月、原稿、ギリギリでごめんね。大変だったろう」

「いえ、すぐに印刷所走ったんでなんとか」

「今月から新展開だったし、ちょっと気合いが入りすぎちゃったのかな」

「まあ、主人公がいきなり見知らぬ男からキスをされ――あ」

貢藤が地雷を踏み、テーブルに流れる沈黙の川は水嵩《みずかさ》を増した。駄目だ。遠回しになんてやってたら本当に遠くに流されていく。ここはもうズバッと行こう。

「そのキスのことだけど。『パラドル』じゃない方の」

貢藤はびくっと肩を震わせた。

「……はい」

心なしか返事が小さい。うっすら青ざめているのに、じっと見つめると頬だけ赤くなっていき、うつむきがちにさりげなく貞行から視線を外した。

今日の貢藤は白シャツにダークな細身のスーツ。ノーネクタイでシャツのボタンをひとつ外しているせいかサラリーマンには見えない、というか顔立ちと併せると堅気に見えない。なのにその乙女な反応はなんなんだ。クソかわいくて悶え死ぬ。キュンの矢で胸をつつかれまくっていると、貢藤が小さくつぶやいた。

「続きをどうぞ」

貞行は我に返った。しまった、あんまりかわいくてついみとれていた。貢藤の場合はギャップの谷が巨大すぎて、一度落ちると這い上がるのに時間がかかるのだ。

「こないだは」

「はい」

貢藤が真剣にうなずく。

よし、ズバッと行こう。ズバッと男らしく。

「ご」

「ご？」

真剣な目で問い返され、ぷつりと緊張の糸が切れた。

「ご、ごめんねー、なんかすっごい酔っちゃっててー、アハハハハ」

へらへら笑いながら、全く男らしくない言い訳に、貢藤は表情ごと固まった。

しまった。緊張感に耐えきれず思わずチャラけてしまった。しかしノンケの男にしたら、同性にキスされたなんて気持ち悪いの極致だろうし、せめてよくある酒の勢いで深い意味はなかったんだよーとセーフティネットを張っておきたかったのだが。

「……酔って？」

五秒くらい経ってから、ようやく貢藤が生命活動を再開させた。眉間に深い縦皺が刻まれ、それでなくても怖い顔が今やもう般若《はんにゃ》のようだ。なんだか本気の殺気を感じ、貞行は笑顔のまま固まった。適温を保たれた店内なのに冷や汗が滲《にじ》んでくる。

「……まあ、そうでしょうね」

ふっと貢藤が息を吐いた。眉間の皺がほどけ、皮肉っぽい笑みを浮かべる。

「もういいです。俺も忘れますから」

そう言い、「では仕事の話を」と貢藤は鞄を開けて色々取り出した。

「これは映画の脚本二稿で、こっちのファイルは映画用に新たに起用される俳優の宣材一覧。候補段階なんで不都合があれば言ってほしいとのことです。これは増刊号につけるピンナップの色校で、これはアニメ用の新しいグッズ一覧、それは——」

淡々と、どんどんと、テーブルに仕事関係の小山ができていく。

「あ、あの」

「なにか?」

冷ややかな目で問い返され、なんでもないですと引き下がった。

やばい。これは完全に怒っている。自分としてはセーフティネットを張ったつもりが裏目に出たらしい。確かに、人によっては酒の勢いというものは軽蔑の対象になるだろうし、特に貢藤のような酒が弱い人間はその傾向が強い。

「貢藤、パンケーキ食べない? ここのはホイップ山盛りでおいしいよ」

とりあえずご機嫌を取る作戦に出てみた。

「結構です。お好きなら先生どうぞ」

一刀両断された。

「でも貢藤。甘いもの好きだよね」

「いいえ、嫌いです」

「え、でもこないだご飯食べたとき言って――」

ハッと言葉を切った。そういえば、

――……恥ずかしいから、内緒れす。

と言っていた。ご機嫌取り作戦も裏目に出てしまったか。恐る恐る見ると、やはり貢藤はうつむいて羞恥に耐えていた。秘密をにぎられ、恥辱にまみれる若頭。とってもおいしいシチュエーションだが、今の状況としては最悪だ。

「……で、こっちの〆切りですが」

貢藤は強引に仕事の話に戻した。顔は真っ赤なまま、頬が引きつっていて、最大限の忍耐力を駆使していることが窺《うかが》える。ああ、僕の馬鹿野郎。

――けど、そこまで恥ずかしがらなくても……。

今どき男だって甘いものくらい食べるだろう、スイーツ王子とか和菓子皇子とかいるじゃないか。しかし価値観の物差しは人それぞれなので難しい。

しかし困った。遠回りをしても機嫌を取っても地雷を踏む。こういうときはあがけばあがくほどドツボにはまるものなので、早めに切り上げて日を改めた方がいい。わかっているのだが、貞行にはまだクリアせねばいけない案件が控えていた。

――おまえ、『パノラマ』行くの？

トキオから聞いた話がずっと引っかかっている。今回の原稿がギリギリになったのはハッキリ言ってそのせいだ。聞きたいけど、そうですよと言われたらどうしよう。引き止めることはできないので、やっぱり聞きたくない。でも聞かないと落ち着かない。

最近、どうも仕事に集中できない。〆切り間際にならないとエンジンがかからないのは毎度だが、いつもなら仕事のことを考えてジリジリするのに、今は仕事のことを考えていたはずが、いつの間にか貢藤のことを考えてジリジリしている。

「――いいですか？」

ハッと意識を戻した。

「ごめん、なんだっけ」

「読者プレゼント用の図書カードにサインを入れてもらいたいんですが」

二十枚程度なのでできればここで、とカードの束を渡される。はいはいと受け取り、一緒に差し出されたサインペンをカードに滑らせながら、やばいと思った。打ち合わせ中に話を聞き逃すなんて、このまま悩みを放置していたら重症化する。

「貢藤」

「はい」

「最近、仕事どう？」

サインをしながら、さりげなく聞いてみた。

「どうとは」

「おまえ元々『サンズ』にいただろう。『ラズベリー』は臨時だし、今は僕のコラボもあるから当分『ラズベリー』にいるだろうけど、その先のあてはあるの？」

「ああ、そのことですか……」

「おまえならどこなと転職先はあるだろうけど、やっぱり自分の好きなジャンルで働きたいだろうし、どこか狙ってるとことかあるの？」

「まあぼちぼち考えてますけど」

そのぼちぼちの内訳を聞きたいのだ。

「貢藤は仕事できるし、色々声かけられてんじゃない？」

まだるっこしいので直球を投げると、ふっと沈黙が落ちた。貞行が探りを入れていることに貢藤が気づいた。緊張して答えを待つ。

「いえ、俺なんてまだまだですよ。先輩たちに比べたら」

――あ……、ごまかされた。

力が入り、サインが歪《ゆが》みかけたがなんとか立て直した。ふうんとつぶやき、あとは黙々とサインを入れていき、なんとなく気まずいまま打ち合わせは終了した。

「じゃあ、おつかれさま」

店を出て、貢藤がなにか言う前に貞行は背を向けた。一度も振り返らず、ずんずんと角を曲がって貢藤の気配を消してしまうと、かくんと肩が落ちてしまった。

——あんな頑なに隠すこともないのに。

別に無理に引き止めようなんて思ってない。腹立たしいような、悲しいような、悔しいような、それが混ざった気持ち。それは貢藤にではなく自分に向かっている。この間からひとりでグルグル悩み、得るものはなにもなく、空回り感がこの上ない。

——まあアレだ。ノンケの男には惚《ほ》れるなってことだよ。

子供のころから夢見るオネエで、大人になってからは恋愛一直線の少女漫画家として生きてきた。恋愛は素敵だ。生きる活力だ。心のスイーツだ。その一方、返す刀でバッサリやられることもある。やられたときのダメージは半端ない。

夢中になっているフリで、実はしっかり手綱を取っている三時のおやつ的恋愛と違い、本気の恋は貞行をガタガタにする。それも成就する可能性があるならまだしも完全な片想いで、仕事に注ぐべきパワーを削がれるなんて不毛すぎる。

貢藤のことは好きだ。でもまだ引き返せる。いや、引き返すべきだ。しかし自分の担当編集者とどうやって距離を取ればいいのか。精神力だけではかなり苦しい。溜息をつくと、ポケットの中で携帯が震えた。

帰宅してから、貞行はよろよろとふらつきながらリビングのソファに倒れ込んだ。ついさっきまで『ラズベリー』の編集長、志摩と飲んでいたのだ。

「最近、ヤコ先生と飲んでないなあと思って」

などと言っていたが、小談社の件が気になっているのは明らかだった。心配しなくても僕は『ラズベリー』一筋だからと言ってやると、そろそろ酔いが回ってきた志摩は感涙して『シュガー』編集長との確執をグスグス語り出した。志摩の年から逆算すると彼女を奪われたのは二十年くらい前だろうか。恋が絡むと男はネチこい。

——ああ、本気の失恋は男を駄目にする。

自分もダメージがでかくならないうちに貢藤から手を引こう。泣き上戸な志摩に恋の末路を見て、決意も新たにしていると、そういえばと志摩がつぶやいた。

「こないだ手塚から電話があって」

「退院するの?」

だとしたら手塚が担当に復帰して、貢藤はサブに回るのでオートマチックに距離が取れる。

しかし返ってきたのは全く逆の答えだった。手塚の年齢なら二ヶ月くらいで退院できるはずが、漫画家につきあって同じく不規則な生活をする編集者だけあって体力がなく、なかなか規定の数字まで菌が減らないのだという。

「じゃあ、まだ退院は先？」

「多分。まあでも貢藤がよくやってくれてるみたいだから安心してるけど」

浮かない顔の貞行に気づかず、志摩は日本酒をくいと飲み干した。

「こないだのコラボのときも、あいつすごいヤコ先生に入れ込んでたから。ここだけの話、もしヤコ先生が希望するならこのまま貢藤メインで担当続けさせましょうか？」

少し前なら嬉しかったかもしれないが——。

「でも貢藤は契約社員なんだろう？」

「ヤコ先生の希望ならうちで契約更新しますよ。正社員採用してもいいし」

「それは駄目」

思わず強い口調になった。志摩がまばたきをする。

「ごめん。でもいいよ。コラボも手塚とやるから」

貞行が残留を望んだ場合、貢藤は相当強く引き留められるだろう。それは駄目だ。貢藤にはやりたい仕事があるのだ。耐えがたきを耐え、腕組みでぐっと奥歯を嚙みしめていると、志摩が窺うように聞いてくる。

「貢藤、なにかやらかしました？」

「え、ううん、その逆。貢藤は頼れる編集だよ。だからこそ僕みたいな作風が固まっているべテランにはもったいないと思うんだ。もっと貢藤の力を生かせるジャンルで活躍させた方がいい。『サンズ』の若手なんか今でも貢藤を頼ってるし」

「……なるほど。ヤコ先生くらいになると、業界全体を見渡した考え方をするんですねえ。うーん、俺もそういう姿勢は見習わないと。でもやっぱ『シュガー』だけにはそんな寛容さが持てない。だいたいあいつは大学時代から——」

また志摩の昔語りがはじまり、貞行は適当に聞き流しながら酒を飲んだ。

あーあ、業界全体なんてどうでもいいっつうの。僕はいつでも自分のことだけで必死のプーだ。漫画家としても、男としても、貢藤を手放すのは痛いしつらい。

しかし男なら耐えねばならない。武士は食わねど高楊枝だ。ああ、男って本当に不便だ。こんな恋はさっさと忘れて、早く普通のオネエに戻りたい。

そのあとはやけっぱちで飲みまくり、店を出たときはフラフラだった。

「あー……、頭いた……」

リビングのソファに寝転がってつぶやいた。天井が回っている。明日は多分二日酔いだ。なにか〆切りがあった気がするけど思い出せない。なにかを考える力も酒でとろかされている。目をつぶると、引き込まれるように寝てしまった。

不快な震動で目が覚めた。発生源はポケットの中で、貞行《さだゆき》は半分寝ぼけながらパンツのポケットから携帯を取り出した。

『……はい、もしもし』

『貢藤《くどう》です。おはようございます』

反射的に飛び起きた瞬間、ズキッと頭痛がした。携帯を手にあたりを見回す。ここは見慣れたわが家のリビングだが、どうやって帰ってきたのか記憶にない。

『編集長から話を聞きました。どういうことですか』

『どうって？』

起き抜けで脳みそが機能していない。普段から寝起きが悪いのに、今日はさらに二日酔いだ。

確か昨夜は志摩《しま》と久しぶりに飲みに行って——。

『コラボを手塚《てづか》さんとやりたいって言ったそうですね』

『え、あー……』

思い出した。でもニュアンスが違う。やりたいという積極的な姿勢では言わなかった。

『俺、なんかしましたか』

『違うよ。志摩にも言ったけど、おまえは編集として優秀なんだし、なにも僕みたいなベテランにつかなくても、もっとおまえを必要としてる若手がいるって話を——』

『俺を外すための言い訳にしか聞こえません』

『大きい声出すなよ。頭痛い……』

痛いところを突かれ、貞行はイライラと髪をかき回した。嘘じゃないけど半分は言い訳だ。しかし、おまえを好きになっちゃってもうつらいんだよなんて言えるか。

『俺の態度が原因ですか?』

『態度?』

問い返すと沈黙が落ちた。

『……キ、キスの件で俺がムッとした態度を取ったからですか』

貢藤の声は苦渋に満ちていて、貞行は心底自分が嫌になった。

『なに言ってんの。あれは貢藤にはなんの非もないだろ。ストレートの男が男にキスなんかされたらドン引きするのが普通だよ。僕が最悪なだけで、おまえはなにも悪くない』

『じゃあ、なんで俺を担当から外すんですか』

貞行は思いきり顔をしかめた。言えない言葉が胸の中で渦巻いていて、二日酔いと相まって吐きそうになってくる。ええい、くそっと舌打ちした。

『愛のないやつに担当されても、テンション上がらないからだよ』

『愛?』

貢藤が戸惑ったように聞き返してくる。

『少女漫画に愛のないやつに担当されてもテンション上がらないの』

すぐに上から言い訳をコーティングした。

『前に少女漫画は仕事だからって言ってたろ』

『そ、それは……』

貢藤は言葉に詰まった。

『けど、おまえを外そうって思ったのはそれだけじゃないよ。ちょっと聞いたけど、「パノラマ」から誘われてるんだろ。おまえは元々「サンズ」にいたんだし、同じジャンルから誘われてるならそっちに行った方がいい。僕に遠慮とかしないでいいから』

貢藤は黙りこくったまま返事をしない。

『どこ行ったって大変だろうけど、それでも好きなことを仕事にできるって楽しいし幸せなことだよ。僕の担当なんてどうとでもなるんだから、チャンスと思ったらおまえはいつでも好きなとこに行っていいんだ。って僕が了解出すことでもないし』

『先生、俺は……』

『ごめん、もう切る。二日酔いで頭痛いんだよ』

貞行は返事を待たずに電話を切った。携帯をソファに転がして、自分も仰向《あおむ》けに転がった。

『パノラマ』に行くかどうかは貢藤の自由だが、とりあえず自分からは解放してやった。いいことをしたのだ、なのに胸が苦しくて泣きそうになる。

そういえば、トキオのときもこうだった。田舎から幼馴染みがトキオを追いかけてきて自分は振られたのだ。あのときもひどく落ち込んで、結局は自分から引いた。トキオの相手が嫌なやつだったら引かなかったけど、ナツメは自分のようなめんどくさいやつにも優しく、素直で、情に脆《もろ》い、心根のあったかい男の子だった。

「いい人ね。でもいい人っていつも損するのよね」

あのときもキャサリンたちに慰められたっけ。

ああ、僕の丘の上の王子さまは今どこにいるんだ。そろそろ迎えにきてくれないと身が保《も》たない。今もめちゃくちゃ胸が痛くて苦しい。酒も恋も適量を超えるとロクなことがない。今日は一日寝ていたい。でも、なにか〆切りがあった気がする。

少しの間目をつぶり、貞行はのろのろと起き上がった。バスルームへ行き、熱いシャワーで強制的に目を覚ます。濡《ぬ》れた髪にタオルを引っかけて仕事部屋へ入り、あらゆる画材と紙類で散らかりまくった机の前に座った。カレンダーを見ると、今日は来月号の表紙作業とあった。時計を見ると午後二時。よし、夕方までに仕上げる。

頭の中で構図を決めて、ラフな下描きを描きながら、頭の中まで線描でいっぱいにしていく。平気だ。失恋なんて何度もしてきたじゃないか。そのたび漫画に没頭して乗りきってきた。最後に自分を支えてくれるのは、いつも恋じゃなくて漫画だった。

——つまり、僕の丘の上の王子さまは仕事なの？

どっと疲れた。

仕上がったカラー原稿は、どんより沼色な心境とは裏腹に、ピンクのグラデーションが表紙にふさわしい華やかさで満足いく出来だった。

データを貢藤に送り、休憩を挟まずに昨日渡された書類に目を通していく。漫画以外の仕事は全て苦手だが、仕事をしている間は余計なことを考えずにすむので精神的に楽だ。サクサク片づけていく中、携帯が鳴った。貢藤からだ。正直出たくない。しかしデータを送ったので無視するわけにもいかない。

『はーい、おつかれー』

わざと間延びした声を出す。

『おつかれさまです。データいただきました。ありがとうございます』

『どうだった?』

『いいです。華やかで表紙にぴったりです』

『でしょ。ピンクやっぱいいよねえ。直しは?』

『ありません』

『そう。じゃ、そういうことで』

さっさと切ろうとしたら、待ってくださいと止められた。

『今、マンションのロビーにいます』

『は？』

『少し話をさせてほしくて』

　貞行は顔をしかめた。

『聞いてほしいことがあるんです』

『悪いけど仕事山積みなんだ。担当だったら知ってるだろ？』

　貢藤は黙り、じゃあと貞行は通話を切った。携帯を投げ出すように机に滑らせ、途中だった書類に再び目を通す。しかしちっとも頭に入ってこない。髪をかき回すと、シャワーのあと自然乾燥した髪が絡まってブチッと抜けた。痛い。イライラが増幅し、貞行は広げていた書類の束をうわっと空中に投げた。

「あーもう駄目、このままじゃ落ちる！」

　貞行は立ち上がり、適当に着がえて家を出た。こんな夜はキャサリンの店でパーッとやるに限る。ロビーを通ると貢藤がいるかもしれないので地下の駐車場から出口へと歩いていくと、スロープの地上付近に立つ人影があった。

「おつかれさまです」

　まさかの貢藤の姿に、貞行は目を見開いた。

「なんでここに……っ」

「担当編集者を舐《な》めちゃいけません」

ウサギマークの手塚メモを出され、貞行は目眩《めまい》がした。手塚ああああ。

「話があります」

「僕はない」

無視して行こうとすると、後ろから腕を取られた。振り払おうとしたが、それ以上に強い力でつかまれる。貞行の手を引いて、貢藤は大股で通りへ歩いていく。

「ちょ、どこ行くんだよ」

「俺の家です。もう話じゃなくて直接見てもらいますから」

「なにを」

貢藤は答えず、やってきたタクシーに手を上げた。


強引にタクシーに乗せられ、連れてこられたのは貢藤のアパートだった。昭和レトロな雰囲気の一軒家で、表札に『メゾン荒野《あれの》』とある。

「アパートというより、由緒正しきお屋敷って感じだね」

「大家さんが若いころに建てた家なんですよ。奥さんを亡くされてから間貸しするようになって、雰囲気は半下宿ですね。住人同士の交流も結構あるし」

「ふうん、ワイワイやるのが好きな人にはいいんだろうね」

自分だけの空間がほしい貞行には絶対住めない物件だ。そういえば、ここにはコラボ相手のいとうつぐみも住んでいるのだ。繊細な雰囲気で、共同生活など無理そうな感じなのに意外な気がした。よほど居心地のいいアパートなんだろう。

「いいとこですよ。ちょっとした事情持ちだったり、うまく社会に馴染めない連中が多くて、つかず離れずの距離感がちょうどよくて寂しさを感じないですむ」

寂しさ——貞行は首をかしげた。

以前、偽実家で話をしたとき、貢藤は自分を情けなく感じると言っていた。貢藤はどんな自分になりたいのかと聞いたけど、ごまかして答えなかった。

大人になるにつれ、物事にハッキリ白黒をつけることが難しくなる。曖昧《あいまい》なグレイなまま置き去りにしても特に不都合もない。あのときはそう思って無理に聞かなかったけれど——直接見てもらうってそれのことか。貢藤の部屋にはなにがあるんだ。

「そこ、段差あるんで気をつけて」

玄関で普通の家のように靴を脱ぎ、貢藤は中に入っていく。レトロモダンな外観にふさわしく、内装も凝っていた。廊下の片側に三人くらい並んで使えそうな広い洗面所がある。異国情緒漂うタイルと真鍮《しんちゅう》の蛇口がとびきりしゃれている。

長い廊下を貢藤のあとについて歩いていくと、奥の階段から若い男が下りてきた。「おかえりーっす」と貢藤に声をかけ、バスタオルを手に風呂らしき部屋へ入っていく。本当に昔ながらの下宿みたいだ。

「ここが俺の部屋です」

真鍮のドアノブを手に貢藤が振り返る。貞行はわずかに緊張した。

——一体、この中になにがあるんだ。

ドアが開き、貞行は恐る恐る中に入った。

部屋は八畳くらいの畳敷きで、入ってすぐ脇に小さな台所がついていた。天上付近の壁に半円形のステンドグラスがはめ込まれていて、これは日が差している時間帯は綺麗だろうなあと想像した。けれどそれ以外ごく普通の部屋だ。部屋の壁の二面半を天井までの巨大な本棚が占領していて、入りきらない本や雑誌が床に積み上がっている。

「さすが編集。本だらけだな」

本棚というのは、その人の中身を如実に晒《さら》してしまう。どれどれと近づき、貞行は首をかしげた。上から下までぎっしり詰まった小説、少年漫画、青年漫画。ああ、少女漫画もある。ちゃんと勉強してるんだなと思いつつ、ん？　と首をかしげた。

昔の名作から最近の人気作まで、少女漫画がずらっと棚ひとつを占拠している。しかもちょうど目線の高さ、とっておきの位置に貞行の漫画が並んでいる。デビュー単行本から『パラドル』最新巻まで、どれも繰り返し読み返したあとがあり、日焼けなどの経年劣化が見て取れる。

担当になってから勉強用に買ったという風でもない。

「それが素の俺です」

貢藤がつぶやいた。振り返ると、貢藤はなんともいえない表情をしていた。

「もう何回も読んで、台詞《せりふ》とか暗記してますよ」

貢藤が本棚から取り出したのは、貞行の初連載にして初ヒットになった漫画の一巻だった。

貢藤は懐かしそうにペラペラとページをめくっていく。

「俺は元々、少女漫画が好きなんです」

「えっ」

「高校生のころから、筋金入りの小嶺《こみね》ヤコのファンです」

「ええっ」

「そしてゲイです」

「えええっ」

三連発の告白に、貞行は茫然《ぼうぜん》と貢藤を見た。

視線を受け、貢藤の顔はじわじわと朱に染まっていく。

「こんなヤクザみたいな顔して、少女漫画が好きなんて笑えるでしょう」

「そんなこと全然ないよ。それよりおまえ――」

――ゲイって本当なの？

——じゃあ少しは僕との可能性があるの？

そっちの方が気になりすぎて言葉に詰まる。慌てふためいている貞行の態度を誤解したのか、貢藤は自嘲的《じちょうてき》な笑みを浮かべた。

「いいですよ。自分でもみっともないと思うし。だから今まで誰にも言ったことがない」

貞行の漫画を手に、貢藤はぼそぼそと話し出した。

「今はこんなですけど、俺は昔、日本人形のように愛らしかったんです」

「日本人形？」

五月人形の間違いじゃなくて？

「今、五月人形の間違いじゃないかって思ったでしょう」

冷静に言い当てられ、心臓が縮み上がった。そんなことありませんと首を横に振る貞行に、貢藤は「別にいいですよ」と無表情につぶやいた。

「俺には上に兄貴がひとりいるんですけど、兄貴より年の近い近所に住む従姉妹《いとこ》のお姉さんの影響で、俺は小さいころから少女漫画が大好きだったんです」

男の子と外でやんちゃをするより、女の子にまじってのおままごとや、家の中で従姉妹のお姉さんと一緒に少女漫画を読み耽《ふけ》り、漫画に出てくる男の子の中で誰が一番恰好いいか、お姉さんとああだこうだと盛り上がる方が楽しかった。

自分が『普通とは違う』ことは薄々気づいていたが、決定的だったのは好きな相手ができたときだった。周りが恋だ愛だで盛り上がりはじめた中学二年のとき、同じクラスで、サッカー部のフォワードで、目立つ男子だった。

もちろん悩んだ。しかし悩めば悩むほど、この問題は努力では解決できないことだと思い知るだけだった。日々見つめるだけ。それだけで満足だった。理科の実験で手が触れ合った日は、人生初のポエムを綴《つづ》ったほど舞い上がった。中二病である。

「思いを伝えられないことは切なくはあったけど、それすらも幸せでした。……あの日までは」

「あの日？」

問うと、貢藤はぐっと眉をひそめた。

「初恋の相手から、ヤクザと呼ばれていることを知った日です」

なんて的確なあだ名だ——と貞行は心の中だけで思った。

「俺はこっそり見つめているつもりだったのに、相手にはバレていて、しかもガンをつけられていると誤解され、そいつは俺の友人に相談し、その友人が俺にそうなのかと聞いてきて事態が発覚したわけです。どんな手の込んだ失恋かと、俺は家に帰ってから泣きました」

初恋は叶わないと言うけれど、それはちょっとむごい。

「しかも、それが好きだった相手だけでなく、クラス、いや学年中に認定されている公式ニックネームだと知ったときの俺のショックがわかりますか。そう呼ばれている当の俺だけが知らなかったんですよ」

「え、でもそれは鏡を見てたら——」

瞬間、貢藤が泣きそうな顔をしたので、貞行は慌てて口を閉じた。

「鏡を見てても気づきませんでした。さっきも言ったでしょう。俺は小さいときは日本人形のように愛らしく、そこらの女の子よりもかわいかったんです。近所のガキ連中は女の子よりも俺におやつを貢ぎにきてたし、同居していた祖母《ばぁ》ちゃんからは、利里《としさと》は日本人形みたいにかわいいいねえって毎日のように褒められていて」

言われてみれば、和風の美形は成長するにつれかわいさが薄れ迫力が増していく。

「小さいときからかわいいかわいいと刷り込まれて育ち、俺は自分がかわいいんだとずっと思ってたんです。だから鏡を見てもなにも思いませんでした。成長期に入って自分の顔面がどんな悲劇的な変化を起こしているのか、気づきもしなかったんです」

「で、でも貢藤は渋い兄貴系で、それはそれでかっこいいじゃないか」

「俺はかわいいものが好きだったんです！」

「…………」

貞行は黙った。確かに、本人の好みと周りの評価にギャップがあることはよくあることだ。とはいえ、自分はかわいいんだと信じていた価値観をひっくり返されたのはショックだったろう。それも自意識が生涯で最大値をマークしている中二、時期的にも最悪だ。さらに好きな男からそれを告げられるなんて――。

「それから俺は、自分の顔が大嫌いになりました」

無残な形で破れた初恋はトラウマになり、貢藤は顔面コンプレックスを発症した。学校どころか、もう一歩も外に出たくない。どうしても出なくてはいけないなら、包帯で顔をグルグル巻きにしたい。しかしそんなことができるはずもなく、だったらもうこの顔に中身を合わせようと、貢藤は悲愴《ひそう》な決意を固めた。

好きだった少女漫画も読まなくなった。従姉妹のお姉さんから譲られたクマやウサギのぬいぐるみも捨てた。ピンクや黄色などかわいい色目の持ち物は全て捨て、ダークトーンのものに買い直した。滅多に笑わず、低い声で話し、そのうち悪い上級生たちからも道を譲られるようになった。なぜだ。自分はただ歩いてるだけなのに――。

「……貢藤」

なんという喜劇。しかし喜劇は真面目に演《や》るほど悲劇に転ずる。

他人事《ひとごと》でなく胸が締めつけられる。子供のころから筋金の入ったオネエである貞行には、自分を偽って生きる苦しさがよくわかる。女の子っぽい喋《しゃべ》り方にならないよう、意識して男言葉を使って逆におかしなことになったり、純情だった思春期のころは、好きな男と同じ場所で水泳の着替えをすることが泣きたいくらい嫌だった。今ならきっと目を皿のようにして凝視するに違いないが、それはともかく――。

「……先生の漫画はいいですよね。みんな自分の気持ちに素直で、しかも、これでもかってくらいときめきに溢《あふ》れてる。鬱屈《うっくつ》していた俺にとって、先生の描く漫画は太陽みたいに眩《まぶ》しかった。俺には手が届かないから、余計憧れたのかもしれない」

貢藤は貞行の漫画をぺらりとめくった。気持ちを通じ合わせた主人公たちが幸せに瞳を潤ませているページだ。それを見つめる貢藤の目は苦いものに溢れている。

「かわいいものが好きってさっき言ったけど、もっと正確に言うと、自分がかわいいものになって好きな男からかわいがられたいっていうのが本音なのかもしれません。自分でも気色悪いですけど」

「気色悪くなんかないよ。貢藤はすごくかわいい」

「いいんです、自分のことは自分が一番わかってます。それに中二のあの日から、俺の中ではもう恋愛は片想いと同義語で完全に諦《あきら》めが入ってますから」

「駄目だよ、そんな自分を卑下《ひげ》しちゃあ」

中学生なんて多感な時期から、ずっと今まで真実の自分を隠して生きてきたなんてかわいそうすぎる。そんな長い間ずっと片想いばかり……。ん？　ずっと？　あれ？

「ちょっとタイム」

貞行が手を上げると、貢藤がこちらを見た。

「ずっとってことは、貢藤、今まで誰かとつきあったことないの？」

「はい。片想い専門だったんで」

「じゃあ、もしかしてこないだのキスって」

瞬間、貢藤が表情を強張らせ、その反応に貞行も目を見開いた。

「やっぱり、あれってファースト――」

「言わないでください！」

貢藤が声を荒らげた。顔だけでなく耳まで深紅に染まっていて、にぎりしめられた拳は力を込めすぎて細かく震えている。

――ああ、神さま……っ。

ズゴゴゴゴという地面も揺さぶる轟音《ごうおん》と共に、後悔という名の大波がやってくる。ごめんなさい。ごめんなさい。何度でも謝ります。なんなら土下座します。まさかあれが貢藤のファーストキスだなんて思いもしなかった。知ってたら、あんな軽はずみなことはしなかった。知ってたら、あんな馬鹿な言い訳はしなかった。

――ごめんねー、なんかすっごい酔っちゃっててー、アハハハハ。

なにがアハハだ。おまえは今すぐ死ね。百回死ね。そこらの男ならまだしも、傷ついた心を抱えて色々なものを諦めて生きてきた貢藤の大事な大事な一生の思い出とも言えるファーストキスを酒の勢いで奪っておいて、なにがアハハーだ。

いや、それだけじゃない。悲愴な決意でかわいいものを拒んで生きてきた貢藤に、フリフリエプロンを無理矢理つけさせた。あのとき貢藤は泣きそうな顔をしていた。さらには尻まで触った。初お触りのときあまりに過剰な反応に爆笑したが、あれも処女だったら納得だ。ああ、自分はなんてことを……っ。知らなかったとはいえ今までの数々の狼藉《ろうぜき》、性犯罪に等しい鬼畜の所業、どう責任を取ればいいのか。

「貢藤、ごめんなさい！」

必死で謝ると、貢藤は顔を上げた。

「いいんです。もう忘れますから」

「駄目だよ。僕はちゃんと責任を取る」

そうだ。このままだと貢藤のファーストキスは最悪な思い出になってしまう。同時に自分も最悪な男としてインプットされてしまう。それだけは避けたい。これからはきちんとおつきあいをし、恋人として貢藤を大事にし、黒歴史を塗り替えるのだ。

「本当にいいんです。そんなことより本題に戻ります」

「そんなこと？」

嵐の勢いで逆巻いていた大波が、ちゃぷんと愛らしい音を立てて静まった。

「一度は全てのかわいいものを封印した俺ですが、やっぱり少女漫画だけはやめられなくて、ネット通販でこっそり買って読んでいたんです」

毎夜布団にかくれてページをめくり、キラキラの恋愛模様を覗《のぞ》き見するのが貢藤少年の唯一の幸せで、その中でも強烈なときめきを与えてくれたのが小嶺ヤコだった。雑誌で初めて読んだとき、貢藤はベッドの中で叫びたい衝動に悶《もだ》えた。

「先生の漫画はキュンの玉手箱でした。きてくれってとこでガツンときて、ツボを絶対に外さず、息苦しくなるほどときめきエピソードをぶち込んでくる。自分には一生縁がないドラマティックな恋模様に、一瞬にして胸をわしづかみにされました」

思い出しているのか、貢藤はわずかに頬を紅潮させた。

「以来、俺は小嶺ヤコの密《ひそ》かなるファンでした。編集の仕事に就いたのも少女漫画、特に小嶺ヤコへの憧れが大きかったからです。といっても、やっぱりこの顔面で少女漫画の編集者になる勇気はなくて青年漫画に行ったんですけど」

そんな貢藤に降って湧《わ》いた『ラズベリー』からのヘルプコール。内心飛び上がりたいほどの喜びを抑えて出勤した当日、発売前の『パラドル』の刷り出しを見たときの感動は忘れられない。さらに手塚の急病で自分が小嶺ヤコを担当することになったときなど感動を通りこし、緊張で気を失いそうになった。

「いきなり打ち合わせに行ってこいと言われて、すごい緊張で顔も身体もガチガチに強張ってて、それでなくとも怖い顔があの日は三割増しになってたと思います」

そうだったのか。確かに初対面の印象は最悪だったなと振り返りながら、芋《いも》づる式にあのときのことを思い出した。自分が臨時の担当ですと挨拶した貢藤に向かって、貞行が発した言葉は。

——やだ、怖い。

貞行は頭を抱えた。今すぐ地面にめり込んで土下座したい。他にも散々顔のことで貢藤をからかい、キャサリンの店では大合唱での兄貴コール。オネエたちから散々なぶりものにされ、あんなの貢藤にとってはいじめ以外のなにものでもないじゃないか。

「でも俺は幸せでした。十代のころから憧れていた人と仕事ができるなんて」

ひどいことをしたのに、貢藤の健気な発言は貞行の胸をグサリと突き刺した。

強烈な顔面コンプレックスから真実の自分を隠して生きてきた貢藤にとって、貞行との仕事は天国であり地獄でもあった。貢藤にとってキュンの最高峰である小嶺ヤコの家で、一読者として毎月キュン死にしていた漫画を、作者と一緒に一から作っていける歓び。なのにそれを隠さねばいけない苦しみ。

打ち合わせのたびついつい熱が入って少女漫画大好きな素が漏れそうになり、それを隠すため少女漫画はあくまで仕事だと頑なな態度を取ってしまった。

「先生」

貢藤はふいに貞行に向かい合った。

「個人的な事情で、先生には不快な思いをさせてしまいました。申し訳ありません」

貢藤は深く頭を下げる。

「ちょ、やめて、そんな謝らないで」

「いいえ、少女漫画に愛のない人間に担当されたくないなんて、作家側からしたら当然の話です。俺が迂闊《うかつ》でした。今さらどのツラ下げてと思うけど、でも……俺はこれからも先生と仕事がしたい。元々手塚さんが戻ってくるまでの臨時だったけど、せめていとうさんとのコラボまでは手伝わせてもらえませんか。お願いします」

腰から直角にさらに頭を下げられ、貞行はオロオロした。男として土下座をして許しを乞いたい相手から謝られるなんて、身の置き所がない。

「僕だって本当は貢藤にずっと担当してもらいたいんだよ。でも『パノラマ』から誘われてるって聞いたから、おまえに確かめても思いっきりごまかすし、なんかもう色々悲しいというかうわーってなっちゃって。だって僕はおまえのことが――」

「それは誤解です」

好きなんだよ、と言う前に堰《せ》き止められた。

「確かに『パノラマ』からは誘われてます。けど俺はできるなら『ラズベリー』に残りたい。でも俺は契約社員だし、特に『ラズベリー』は臨時で入っているだけなんで先のことはわからない。だから俺の判断だけでは答えられなくて」

貢藤は必死で説明する。

「今も先のことはわからないです。でも自分の気持ちだけならさっき言ったとおりです。俺はこれからも先生と仕事がしたい。好きな少女漫画に関わっていきたい。そう思わせてくれたのは先生だ。十代のころから漫画一筋で、雑誌の看板背負いつづけて、すごいプレッシャーも丸ごとひとりで引き受けて、自分のやりたいこと貫いて、そういう先生を直で見てるうちに、俺は一体なにやってんだって情けなくなって……」

貢藤は途中で言葉を詰まらせ、けれどいつものように顔をうつむけることなく、きちんと貞行と視線を合わせ続けた。緊張からか貢藤の目は血走っている。般若《はんにゃ》というか、仁王《におう》というか、出入りに向かう極道《ごくどう》というか、どう見ても恐ろしいはずなのに、自分の目にはひたすらかわいくしか映らない。ああ、もう駄目だ。

「貢藤……」

名を呼ぶと、貢藤は「はい」と姿勢を正した。

「好きだよ」

沈黙が落ちた。

そのまましばらく経過して、貢藤はようやく我に返った。

「はい？」

「おまえがかわいくてかわいくて、もうしかたない」

「……俺はかわいくはないですが？」

まだわかっていないようだ。

「おまえに本気で惚《ほ》れたんだよ。男として」

　ようやく理解したのか、貢藤は目を見開いた。次に視線を泳がしはじめた。右、左、右、左。

キリがないので一歩詰め寄ると、貢藤の視線が固定された。

「僕のこと、どう思ってる?」

「どうと言われても」

「キスされたとき、どうだった?」

「驚きました」

「嫌だった?」

　貢藤は考え込んだ。

「……驚いたけど、嫌ではなかったような」

「じゃあ、つきあおうよ」

　貢藤はぎょっとした。

「無理でしょう。俺と先生じゃ組み合わせ的にも……」

「僕は相手に合わせてタチもやる」

「ええっ」

　貢藤はさらにぎょっとした。

「正直言うと、今すぐおまえを押し倒したいくらいだよ」

一瞬で顔を赤らめる貢藤がかわいくて、どんどん追い詰めていったら壁際に行き着いた。これ以上あとがない貢藤に、ずいっと顔を寄せた。

「片想い専門とか言ってたけど、おまえ、絶対自分がモテてることに気づいてなかっただけだよ。貢藤みたいなかわいい男が三十にもなって処女なんて奇跡に近い」

「悪かったですね。三十にもなって未経験で」

「悪くない。めちゃくちゃかわいい。というかめちゃくちゃにしたい」

酸《す》いも甘いも嚙《か》み分けまくったような渋い兄貴面で処女なんて、かわいくないはずがないだろう。もう許してって泣くまで責めまくってアンアン言わせたい。想像するだけでゾクゾクする。そのうち貢藤が細かく震えはじめた。

「……せ、先生、目が怖いです」

しまった。また妄想に溺《おぼ》れていた。

「愛ゆえだよ。だから貢藤——」

ゆっくり顔を近づけていくが、やはり拒まれた。

「も、申し訳ないんですが、俺の好みはスーツの似合う爽《さわ》やかスポーツマン系で、先生のことは尊敬してますけど、恋愛対象としては見られないというか」

「でもキスは嫌じゃなかったんだろう」

「それとこれとは話が別です」

「一緒なの。キスできる相手とは恋愛もできる」

「そんな大雑把な」

「誰にもの言ってんの。僕は女子高生の恋愛バイブル『パラドル』の作者だよ」

「俺は女子高生じゃありません」

「でも処女だろ？」

「処女って言わないでください！」

ついにキレられた。

「じゃあ、仮の彼氏にするってのはどう？」

「仮？」

「とりあえずお試しでつきあってみて、めでたく僕を好きになれたらそれでＯＫ、正式なおつきあいへ。駄目なら僕は潔く引き下がる。どう？」

「そんな不純な真似はごめんです」

さすが処女の守りは堅い。というかそんな極道みたいな顔をして、どれだけ清らかな乙女なのだ。ユニコーンでも飼っているのか。でもそういうところもかわいい。

「でもおまえ、恋愛事に全く免疫ないだろう。そういうのちょっと不安じゃない？」

貢藤の表情が揺れた。おっ、ここだ。

「経験ないと、いざ好きな人ができても気後れして行動できないよね？」

貢藤が気弱そうな顔をする。よしよし、心当たりがあるようだ。

「だから、僕で少し免疫つけときなよ」

貢藤は目を伏せ、考える素振りを見せた。

「だから、ね、貢藤？」

二度目のチャレンジだと、ゆっくり唇を近づけていく。

よし、あと少し。あと少し……。

「やっぱり駄目です！」

寸前で突き飛ばされた。くそ、あと少しだったのに。

まあそんなにうまくいくとは思っていなかったし、これはもうじっくり時間をかけていくしかないか。大丈夫、素の貢藤を知れただけでも大いなる進歩だ。急がば回れだと自分を納得させ、貞行は右手を差し出した。

「わかったよ、じゃあ、とりあえず握手しよう」

「握手？」

警戒している貢藤に、貞行は真面目な顔で向き合った。

「これからも、僕の担当よろしく」

「……え」

「『ラズベリー』に残ってくれるんだろう？」

貢藤はハッとした。

「俺の気持ちはそうです。でも契約なんでどうなるか」

「大丈夫だよ。貢藤が優秀なのは志摩だってわかってる」

「そうでしょうか」

「うん。頼りにしてるから、これからもよろしく頼むね」

「は、はい、こちらこそよろしくお願いします」

一瞬で編集の顔になった貢藤と固い握手をした。

「ふたりでいい漫画を作ろう！」

「はい、よろしくお願いします！」

「ふたりでいい恋もしよう！」

「はい、よろしくお願い――」

途中まで言いかけ、

「しません！」

貢藤は貞行の手を払いのけた。とっても惜しかった。

乙女の憂鬱

「貢藤《くどう》、西村《にしむら》のことムカついてんの？」

放課後、誰もいない教室でクラスメイトから問われた。

「なんや毎日おまえに睨《にら》まれるって、西村めっちゃ怖がっとんで。自分が気に入らんことしたんやったら謝るて言うてるけど、どうする？」

窓から見える朱色の空には、ぽってりとふくらんだ夕陽がぶら下がっていて、今にもぽたんと落下しそうな線香花火のように悲しげに見えた。

好きな男から怯《おび》えられ、ヤクザと呼ばれていることを知ったその夜、貢藤は夕飯も食べずにベッドに潜り込んで泣いた。こんな顔の自分は一生誰からも愛されない。もう外に出たくない。一生引きこもって暮らしたい。もう誰も好きにならない。絶対に。

――俺は日本人形のようにかわいい男の子。

という滑稽《こっけい》な幻想が打ち砕かれた日から、貢藤はできるかぎり外見に合わせて男らしい自分を擬態して生きてきた。服も、持ち物も、全てがダークトーン。笑わず、はしゃがず、黙々と、キラキラや胸キュンとは無縁の中学時代を送った。

それでも高校に入ったらまた恋をした。大学に入っても恋をした。社会に出てからも恋をした。しかし見つめるだけで怯えられた初恋のトラウマから、けして相手を見なかった。すれ違うときは顔を背け、気配だけを感じるのが貢藤の恋になった。

思春期も青春期も過ぎたのに、毎朝、鏡を見るのが今でも苦痛だ。

男らしいを通りこして、恐ろしい域にまで達してしまった自分の顔面。

どうしてこうなったんだろう。昔はあんなにかわいかったのに。

ああ嫌だと顔を洗い、ヒゲを剃り、髪を整えていく。こんなヤクザ顔の男がかわいがられたいとか甘やかされたいとか自分でも恥ずかしい。しかし生まれもっての性質なのでタチにもなれず、三十歳にして未だ恋愛実務経験ゼロという悲惨さ。

――俺は、一生童貞のまま生きていくんだろうな……。

ただ普通に歩いてるだけなのに、今日もモーゼの十戒のごとく前方の人波が逆Vの字に割れていく。どれだけ混み合った電車内でも自分の周りにだけ隙間ができる。中吊り広告を見ようと、ちょっと視線を動かしただけでみんながさっと目を伏せる。

つらい。しかし今日も貢藤は生きている。


都内の一等地に建つ高級マンションのペントハウス。住人とすれ違うのは煩わしいからという理由だけでワンフロア丸ごと買ってしまったという、ちょっと桁《けた》の違うセレブぶりとは裏腹に、ヤコ先生の家はとても散らかっている。

東京《とうきょう》の夜景が一望できる壁一面ガラス張りの広いリビングには、ピンクや赤や真っ黄色のど派手でキッチュな衣服が脱ぎ散らかされ、テーブルには昨日飲んだコーヒー牛乳やイチゴ牛乳のパックが乱立し、漫画雑誌やファッション誌やアムアムの抱かれたい男特集号などが誰かをスッ転ばせるための罠《わな》みたいに床に仕掛けられている。

――滑って手を怪我したらどうすんだ。

貢藤は雑誌をマガジンラックにしまい、服を畳み、紙パックをゴミ袋に捨ててキッチンへ持っていく。全てのゴミをまとめてからＩＨクッキングヒーターにかけられた鍋の蓋《ふた》を持ち上げて中を覗《のぞ》くと、夜食用のスープがふわりと湯気を立てた。

他雑誌から誘いを受け、『ラズベリー』を辞める辞めないでヤコ先生と揉《も》めたのは二ヶ月前、現在、貢藤は正式にヤコ先生の担当になり、徳万《とくまん》出版正社員となった。昔から憧れていた作家を担当できるなんて編集としてはこれ以上ない喜びで、同時に復職してきた前任の手塚《てづか》には申し訳なく、しかし手塚は快く引き継ぎをしてくれた。徳万の看板作家の担当というやりがいと引き替えに胃潰瘍《いかいよう》を繰り返し、そろそろ身が保《も》たないところだった、おまえも身体に気をつけろよと逆に励まされたくらいだった。

今のところ、貢藤の胃に穴は空いていない。ネームに詰まるたび叫ばれ、泣かれ、愚痴を零されるが、そんなことは作家ならよくあることだ。ついでに食事作りなど職務外のことも要求されるが特に面倒だとも思わない。全て許容範囲だ。

しかし、ヤコ先生との関係においては、仕事とは別に胃にキリキリと痛みが走ることがある。

「先生、夜食できましたよ」

仕事部屋をノックする。返事はない。

「あとにしますか?」

もう一度声をかけると、ヤコ先生が出てきた。

「たーベーるー……」

うつむきがちにお経のような声で答える。傷みきった長めの金髪はどれだけかき回したのかモサモサになっていて、ネーム作成が末期に入っていることが窺《うかが》われた。

「九割上がったけど、も、死ぬ……」

ぱたんと倒れ込んでくる痩《や》せた身体を受け止め、はいはい、じゃあご飯食べましょうと肩を担いでズルズルキッチンへ引きずっていく。ダイニングテーブルに座らせ、このままだと髪の毛をスープに浸けるだろうからバレッタで留めてやり、それからこんがり焼いたフランスパンを付け合わせたスープを出した。

「ふわー……、おいしい」

一口食べ、じわっとヤコ先生は顔をゆるませた。干からびてバリバリになっていたボロ雑巾が水に浸されたように、みるみる表情に生気が戻ってくる。

「これなに。まったりしててすごくおいしい」

「すりつぶしたジャガイモのクリームスープです」

「え、ジャガイモ嫌いなんだけど」

「おいしいって言ったじゃないですか」

「うん、なんでだろう」

ヤコ先生は首をかしげ、あ、と目を見開いた。

「愛ゆえ？」

「調理法によっては食えるんですよ」

「サクッと無視しないで」

「先生は野菜取らなすぎです。身体が資本なんだから栄養も考えないと」

「貢藤、そんなことまで考えて作ってくれてるの？」

「大事な先生に倒れられちゃ困りますし」

「……貢藤」

ヤコ先生は祈るように両手を組んだ。

「そんなに愛してくれてありがとう」

「誤解です」

「顔、赤いよ」

指摘され、唇を噛《か》みしめた。

「クールを装いきれないところが、貢藤のかわいいとこだよね」

「かわいいって言わないでください」

軽く睨んだが、ヤコ先生はこたえない。

「かわいいものはかわいいんだも〜ん。僕は自分に嘘はつけないよ」

ストレートすぎる言葉に、ついに貢藤はうつむいた。なにげないフリをしていても、最後は直球にやられてしまう。じわじわと耳まで熱くなり、キリキリと胃が痛む。これが小嶺《こみね》ヤコの歴代担当が味わうという胃潰瘍の前兆か。恐らく違う。それになんだか胸までおかしい。こっちはキリキリというよりドキドキに近い。

――おまえに本気で惚《ほ》れたんだよ。男として。

多分、あの告白がきっかけだ。中学二年、あらゆる出来事に対して過敏で耐性がなかった十四歳からずっと抑え続けてきた恋愛欲が、あのとき、栓を抜かれたシャンパンみたいに勢いよく吹き出した。

恋がしたい。恋がしたい。恋がしたい。

しゅわしゅわと溢《あふ》れる発泡性の感情に慌てて貢藤は栓をし直した。なのに、今もじわじわと漏れ続けるなにかが、貢藤の胸を不穏にときめかせている。

「ごちそうさまでした〜」

考えているうち、ヤコ先生はスープとパンをきれいに平らげた。

「おかわりは？」

「まだ打ち合わせあるからいい」

賢明な判断だ。ヤコ先生は満腹になると寝てしまい、殴っても蹴っても起きない。

皿を洗っていると、ヤコ先生が隣にやってきた。手にはお気に入りのメコちゃんのミルキーロールを一本丸のまま持ち、そのままかぶりついている。恵方《えほう》巻きか。

「こんな夜にケーキ食べたら腹出ますよ」

「出ない。スイーツは心の栄養なの」

「そういう幻想が通用するのは二十代までです。三十過ぎたら確実に脂肪になって腹が出ます」

「じゃあジムで鍛える」

「根性の問題で続かない気がします」

「がんばるよ。だって貢藤、爽《さわ》やかなスポーツマンが好きなんだろ？」

「ヤコ先生には似合わないと思います」

「……そんなハッキリ言わなくても」

傷ついた顔をされた。

「すみません」

「許してあげるから、代わりにお尻撫《な》でさせて？」

「嫌です」

ヤコ先生はケチと頬をふくらませ、またミルキーロールをかじりだした。

皿を洗いながら、貢藤の中に形容しがたい感情が込み上げてくる。

以前と違い、ヤコ先生は触る前にお伺いを立ててくれるようになった。紳士になったと評価するべきか、そもそも尻を触っていいかと聞いてくること自体おかしいだろうと怒るべきか、よくわからない。そもそもなぜそこで『お尻撫でさせて』になるのか。そんなこと百回聞かれても「いいですよ」なんて言えるはずないだろう。

さっきの場面なら、たとえば「許してあげるからデートしようよ」とか、尻よりはるかに発展性のある言葉があるはずだ。なぜもっと打ち返しやすい球を投げてくれないのか。一流漫画家ならもう少し構成を練ってほしい。これじゃあヒロインも動きようがないだろう。起承転結の起があんまり長いと読者は飽きてしまう。

「どうしたの?」

ヤコ先生が貢藤を覗き込んでいる。

「なにがですか?」

「お皿持ったまま、難しい顔で固まってるから」

「いえ、明日の仕事の段取りをちょっと」

クールに皿洗いの続きに戻りながら、内心で首をひねった。自分は今なにを考えていた?

もっとこちらが打ち返しやすい球？　デート？　馬鹿か。そんな球がきたら困るのは自分だろう。考えるほどに、また胃がシクシクしてきた。

夜食のあと、ほぼできあがったネームをチェックさせてもらった。今度こそ落ちるかもしれないと毎月思うほどのギリギリ進行だが、上がってくるものが素晴らしいので文句が言えない。〆切り破りは売れっ子にのみ許される特権である。

「じゃあ、これで行きましょう」

細かい修正を終え、時計を見ると深夜を回っていた。しまった。終電が出てしまっている。しかたない。タクシーで帰るかと考えていると、

「泊まってく？」

ごく自然にヤコ先生が言った。

「え？」

「終電出たんだろう？　泊まっていきなよ」

「いえ、けっ、けっ、結構です」

焦りすぎて鶏みたいになってしまった。

「遠慮しないでいいよ。アシ用の予備部屋あるし」

遠慮ではなく、自分に告白している男の家に泊まることに躊躇《ちゅうちょ》しているだけだ。

「大丈夫です。フロントでタクシー呼んでもらえばすむことですし、打ち合わせなんで領収書

も切れるし、先生の家に泊まるなんてそんな失礼なことは――」

「夜這《よば》いとかしないから安心していいよ」

心の内を読まれたかのようで、ぎくりとした。

「誰もそんな心配はしてません」

「顔、真っ赤だよ」

冷静にツッコまれ、恥ずかしさが倍増した。俺の顔は信号機なのか。たいがいのことは理性でこらえられるのに、ことそっち方面になるとベロンと仮面が剥《は》がれてしまう。

「まあ、処女だしね。お泊まりは怖いか」

うんうんと納得され、ムッとした。

「そうじゃなくて、作家と担当編集としてのけじめというか」

「えー、でも作家と編集ってそんなガチガチな関係じゃなくない？　手塚だって打ち合わせで遅くなったときとかたまに泊まってったよ？　それにあんまりけじめけじめって言われると、いざなにか困ったとき相談しづらくて嫌なんだけど」

「……うう」

そう言われるとつらい。恋愛方面で警戒するあまり、仕事関係にひびを入れてしまっては元も子もない。これでは公私混同しているのは自分ということになる。

「じゃあ……お言葉に甘えます」

出入りに向かうヤクザのように、貢藤は覚悟を決めて立ち上がった。

ゲストルームへ向かうヤコ先生のあとをついて歩きながら、落ち着け、緊張するなと自分に言い聞かせ、しかし言い聞かせるほどに鼓動が速まっていく。

「ここ使って」

案内された部屋には当然だがベッドがあり、貢藤の血圧は急上昇した。

「ベッドはアシがたまに使うくらいで、使い終わったらシーツ替えてもらってるし清潔だよ。お風呂のタオルはここの使ってね。サニタリーセットはこれ」

別にそういう意味ではないのに、ベッドとかシーツという単語に反応してしまう自分が忌々《いまいま》しい。平静を装って教えられたタオルの場所などを確認していると、フリルとリボンでコッテコテに装飾された少女趣味全開のパジャマを見つけた。

「これ、すごいですね。アシさんのですか？」

「ううん、それは貢藤のパジャマ」

「は？」

「前のエプロンはネットで買ったけど、やっぱパジャマは肌触りが大事だろう。デパート三軒回ったけど貢藤サイズはなかったからフルオーダーになっちゃった。あ、そんな怯えた顔しないで。もう無理に着ろなんて言わないから。貢藤のためのパジャマを選ぶって行為自体が楽しかったから。でも自発的に着てくれるならすっごい嬉《うれ》しい」

「着、ま、せ、ん」

一語一語区切ることで断固拒否の姿勢を示した。

「パジャマなんてなくてもTシャツとトランクスで寝るんで」

「ああ、それもいいよね。横からポロリとか」

スケベオヤジみたいな言葉に貢藤は固まった。

「冗談だって。じゃあね、僕もう寝るから」

おやすみーとヤコ先生は部屋を出て行った。

ぱたりとドアが閉まり、五秒ほど経ってから貢藤はようやく息をついた。駄目だ。やはりここに泊まるのは危険すぎる。しかし今さら帰りますとも言えない。どうしようと部屋を歩き回り、ふと冷静になった。よしんば押し倒されたとしても……勝てる。

そうだ、ヤコ先生より自分の方が男らしいのである。

単純な事実に気づき、安心した反面、落ち込んだ。いつもそうだ。誰かを好きになっても自分の方が男らしい。中身は文系なのに見た目で迫力勝ちしてしまう。その時点で貢藤の恋愛は終わる。貢藤は恋愛においては甘えたいタイプなのだ。

——けど、この顔で甘えるっていっても……。

貢藤はちらりとさっきのフリフリパジャマを見た。なんとなく手に取ってみる。ふわりと柔らかなコットンで肌触りがいい。これで寝たら気持ちいいだろう。貢藤には女装の趣味はないが、かわいいものは嫌いじゃない。というか好きだ。十四歳で顔面コンプレックスを発症させるまで、従姉妹《いとこ》から譲られたクマやウサギのぬいぐるみを、さして疑問も感じずに部屋に飾っていたくらいだ。

――ちょっとだけ……。

フリフリパジャマを手に鏡の前へ行き、誰もいないのにあたりを見回してから、恐る恐る身体に当て――よし、似合わない！　速攻でパジャマを棚に戻した。

一体なにをやっているのだ。自分のしたことがひどく恥ずかしく、もう風呂は明日にしようとさっさとベッドに潜り込んだ。しかしアシのほとんどが女の子なだけあり、枕やシーツまでピンク色で居たたまれなさに拍車がかかる。

恋がしたい。好きな人に愛されたい。

長年抑え込んできた感情が、ヤコ先生といるとじわじわと漏れ出してくる。とうの昔に諦《あきら》めたはずなのに、もしかしてと期待してこんな無様なことになる。

布団の中で丸まって羞恥に悶《もだ》えていると、かすかにドアが開く音がした。この家には自分とヤコ先生しかいないのだから、出てきたのはもちろんヤコ先生だろう。

――やはり、夜這い？

想像した瞬間、レースカーのエンジンみたいに心臓がドンドン鳴りはじめた。落ち着け、大丈夫だ、たとえマウントされてもひっくり返せる。最高潮の緊張に固まって待っていたが、足音はいつまで待っても近づいてこない。けれど部屋に帰ったような音もしない。このままでは落ち着かず、貢藤はベッドから抜け出した。

抜き足差し足で廊下に出ると、リビングから間接照明の灯りが漏れていた。こっそり覗くと、ソファにあぐらでヤコ先生がなにかを読んでいる。ネーム用紙だ。

「……先生？」

声をかけると、ヤコ先生がこちらを見た。

「ああ、ごめん。起こした？」

「いえ、起きてたんで。なにを？」

「ん、ネーム」

ネームはさっきまとめたはずだが——。

「終わりの流れ、やっぱもうちょっと見直そうかなあと」

話しながらもヤコ先生の目はネーム用紙に落ちている。真剣な横顔に、夜這いかと疑った自分が恥ずかしくなった。普段はオネエの皮をかぶったセクハラ親爺《おやじ》だが、創作に関してはヤコ先生は一切の妥協をしない。その姿勢には毎度感心させられる。

最初は憧れの作家を担当できるという単純な歓びだったが、仕事を通して色々な話をするうち、貢藤はヤコ先生の生き方そのものに感銘を受けた。素の自分を隠し、仕事すら縛りの中でしか選択できなかった貢藤の目に、リスク込みで自分を貫いているヤコ先生はひたすら恰好《かっこう》よく映ったのだ。オネエだが、芯はとてつもなく男前な人だ。

貢藤は台所でコーヒー牛乳を入れて持っていった。テーブルにグラスを置いても、ありがとう、とつぶやいただけでヤコ先生はこちらを見なかった。邪魔しない方がいいなとリビングを出て行こうとしたとき、貢藤、と呼び止められた。

「はい」

ネームの相談かと思わず背筋が伸びた。

「今度の休み、暇？」

——え？

「どっか行こうか」

——え？

不意打ちだったので反応が遅れる。

「忙しい？」

ヤコ先生がネーム用紙から顔を上げる。

仕事中の引き締まった表情にドキリとした。

「い、いえ、特には」

「じゃあ空けといて」

「あ、はい」

「じゃあ、おやすみ」

ヤコ先生はそれだけでもうネーム用紙に視線を戻してしまい、貢藤は右手と右足が同時に出そうなぎこちない動きで部屋に戻った。

——今のは、もしかしなくても、デートのお誘いか？

ピンクのシーツに潜り込んでも、さっきのような居たたまれない気持ちにはならなかった。代わりにひどく胸が騒いでいる。頬どころか耳のふちもジリジリ焦げるように熱く、胃までシクシクしてくる。なんとも忙しない状況に頭までクラクラしてきた。

なんだか恋の初期症状に似ている。けれど受ける立場で口説かれまくるという状況が初めてなので錯覚しているだけかもしれない。漫画家としてのヤコ先生は憧れと尊敬の対象だが、男としては貢藤のタイプから激しくずれている。それ以前に、担当作家とそういうことになるなんて編集として非常に好ましくない。

——断るか？

しばらく考え、貢藤は布団から這いだした。ウロウロと部屋を歩き回る。無意味な回遊を繰り返し、ふと鏡の前で立ち止まった。そこに映る自分の姿をじっと見つめる。緊張と昂揚《こうよう》が同時に湧《わ》いていて、普段から怖い顔がもっと恐ろしくなっている。

——ここらへん、なんかもうちょっと……。

つり上がった目元に指を当て、ぐっと皮膚ごと下げてみた。不細工になっただけで特に優しい顔にはならず、しゅんと肩を落とした。フリフリパジャマを当てたときと同じ絶望感に襲われる。わかっているのになぜやってしまうのだ。落ち込みつつも、

――服、なに着ていこう。

などと考えている自分がわからなくなった。

結論から言うと、ヤコ先生との初デートはキャンセルになった。

眠れずにひたすら寝返りを打っていた夜明けごろ、佐々木《ささき》から「データが消えた！」という悲鳴のような電話がかかってきたのだ。

佐々木は『サンズ』を切られたあと、ヤコ先生の元でアシのバイトをしながら、ヤコ先生の弟子で漫画家の仲村《なかむら》トキオの紹介で『パノラマ』に持ち込みをし、読み切りを掲載してもらえることが決まり張り切っていたところだった。

〆切前日なのに何度やっても復元できないとパニックで泣きつかれ、貢藤はサルベージに飛んでいった。ふたりであれこれ手を尽くしたが、結局データ自体が壊れていて仕上げまで進んでいた三十ページ弱が失われた。なぜバックアップを取らなかったのだと怒鳴りつけたかったが、作業を進めることで頭がいっぱいだったらしい。

「ど、どうしよう、もう間に合わない……」

佐々木はさっきから泣きっぱなしだ。よりによってこんな日にと貢藤も泣きたい気分だが、ここで叱《しか》ってはいけない。佐々木は繊細なので萎縮《いしゅく》すると描けなくなる。

「大丈夫、〆切りまでまだ二十時間ある。印刷所にかけ合えばもう少し延びる。とにかくおまえは原稿に戻れ。前回バックアップしたとこと下描きは残ってるんだから、すぐに主線入れてって、あとすぐにアシ呼んで——」

と言いかけて、佐々木はアシなしで描いていることを思い出した。そもそもアシを呼んでも機材がない。いや、佐々木はフルデジなのでアシは在宅でいけるか。しかしこんな急でつかまるか。ああ、その前に——。

「作業に入る前に『パノラマ』の担当に連絡入れて。少しでも〆切りを延ばしてもらえるように頼んで——」

「頼めません」

「あ？」

振り返ると、佐々木はベソをかきながらうつむいた。

「……俺、今頃になって貢藤さんの言ってたことが身に沁みてます。移動する前に一本でもヒット飛ばせって。『パノラマ』は仲村先生の紹介でなんとか担当ついたけど、全然期待とかされてないし、今回も代原でやっと使ってもらえて……。なのにこんな馬鹿みたいなヘマやらかして迷惑かけるなんて、俺、また切られるかも……」

ポタポタと涙をこぼす佐々木の肩を、貢藤はなにも言わずに叩《たた》いた。

佐々木には作業に戻らせ、貢藤は知っているアシに片っ端から連絡を入れた。しかし不安は的中して全滅。みな他の先生の予定が入っていて、それならと知り合いの作家に声をかけたが、みなそれぞれの〆切りで忙しい。頭を抱えているうちにヤコ先生との約束の時間が迫ってくる。

しかしこんな状況の佐々木を置いて自分だけデートになど行けるはずがなく、貢藤はこっそりマンションの外廊下からヤコ先生に連絡を入れた。

『はあ？　中二がデータ飛ばした？　馬鹿だねー』

『本当にすみません。当日にキャンセルなんて』

ただでさえ忙しい売れっ子作家の休日を台無しにしてしまった。しかしヤコ先生は怒らなかった。お出かけはいつでもできる、それより〆切りに間に合うのかと問われた。佐々木は手が遅いので厳しい。しかし泣き言をこぼす暇もない。

『なんとかします』

『手伝おうか？』

『え？』

『どうせ今日は貢藤とデートの予定で一日空けてたし』

『いえ、それはさすがに』

『いいって。中二も一応うちの子だし、貢藤の力になりたいし』

『でも』

『今、優先すべきは中二の原稿を落とさないことだろ』

ハッとした。確かに、今は遠慮をしている状況ではない。

『ありがとうございます。甘えさせてもらいます』

『うん、じゃあ中二とデータ持ってうちにおいで。うちだったらアシ入れられるし機材も揃ってる。アシちゃんたちにも連絡入れとくから』

『ありがとうございます！』

貢藤は何度も電話口で頭を下げた。すぐに佐々木を連れてヤコ先生のマンションへ行くと、すでにチーフアシの結衣《ゆい》がきていた。あとからまだふたりくるという。

「助かった……」

貢藤は膝《ひざ》から力が抜けそうだった。

「小嶺師匠……っ、ありがとうございます、俺、俺……っ」

目をうるませて抱きつこうとする佐々木を、ヤコ先生は蹴りで引き剝がした。

「キモい、懐くな。それより早く原稿にかかろう。一秒でも惜しいんだろう」

さっさと仕事部屋へ向かうヤコ先生が神さまに見えた。

「まさか僕が中二のアシをするとはねえ。愛って怖いよ」

主線の入った原稿を指示通りに仕上げていきながらヤコ先生がつぶやいた。

「え、師匠、俺のことを？　すいません、俺そっちのケはないんです」

「おまえじゃねえよ、死ね」

くだらない会話をかわしつつ、ヤコ先生の手は一瞬も止まらない。作業スピードも線の美しさも佐々木とはレベルが違う。他のアシも手練《てだ》れなので、テンパっている佐々木の意を汲《く》んで最低限の指示で完璧な仕事をしていく。さすが小嶺ヤコのチームだ。

そして二十時間後、原稿は見事に仕上がっていた。まだ余力のあるヤコ先生チームと違い、修羅場続きだった佐々木はもうボロボロで、貢藤が送っていくことにした。

「ヤコ先生、みんな、本当に助かりました。このお礼は必ずします」

「じゃあ焼肉おごってくださーい。肉、肉」

「ホテルビュッフェでもいいなあ」

ご希望通りにいたしますと、貢藤はアシたちに頭を下げた。佐々木もフラフラしながら何度もお礼を言い、ふたりでヤコ先生のマンションを辞去した。

タクシーに乗り込んだ途端、佐々木は気絶するように寝てしまい、貢藤は携帯で今日の段取りを確認した。今日は月曜。またハードな一週間がはじまる。どっと疲れていると、携帯が震えてメールを知らせた。ヤコ先生からだった。

――おつかれーん。貢藤は今から出勤だね。一段落ついたらデートやり直そう♥

点滅するハートマークに合わせて、なぜか貢藤の胸も点滅した。

当日キャンセルなんて失礼をしたのに怒らず、佐々木の原稿まで手伝ってくれた。すぐに泣き言を言う佐々木を貶《けな》しながら励まし、見事に〆切りに間に合わせてくれた。正直言うと少し、いや、かなり恰好よかった。やはり仕事ができる男は魅力的だ。

——まさか僕が中二のアシをするとはねえ。愛って怖いよ。

じわ……と頰が熱くなり、口元がゆるんでしまう。引き締めても引き締めてもほぐれていく気持ちを持て余し、貢藤はシートに深くもたれて目をつぶった。


「今月もおつかれさまでした」

「貢藤も校了おつかれさま」

その夜、二丁目の比較的落ち着いたバーで貢藤とヤコ先生は乾杯をした。佐々木事件からほぼ一ヶ月、頻繁に顔を合わせてはいても仕事以外の時間が取れず、ようやくのデートやり直しとなった。といっても丸一日は無理で夜からとなった。

「あー、ここまでくるのに長かった。一ヶ月待ちでようやく初デートだよ。告白してから数えると三ヶ月待ち。永遠に辿《たど》り着かない天竺《てんじく》かと思った」

ウキウキとした様子に尻の座りが悪くなった。

「すいません。佐々木が迷惑かけてしまって」

「そういう意味じゃないの。あれは貢藤の役に立てて僕も嬉しかったし。ああいうのを積み重ねてって、最後に愛になってくれるともっと嬉しいんだけど」

頬杖でちらりと視線を送られ、どきりとした。

「貢藤、なんで顔赤いの？」

「酔ったような」

「ジンジャーエールで？」

「………」

「やっぱスーツにしてよかった」

ヤコ先生は嬉しそうにほほえむ。

見抜かれていることを悟って、貢藤の頬にさらなる熱が集まった。

今日のヤコ先生は珍しくダークな細身のスーツを着ている。ネクタイがハート柄なのがゲイっぽいが、よれよれのカリメロTシャツを着て、ネームできなーいと廊下でダンゴムシみたいに丸まって泣いている普段と同一人物とは思えない。待ち合わせ場所に現れたヤコ先生に、貢藤は不覚にもドキリとさせられてしまったのだ。

『初デートで、普段とは違うアイツになぜかドキドキ♥』

使い古されすぎてボロボロの展開なのに、なぜこんなにも効力があるのか。王道少女漫画の威力恐るべし。というか、自分の経験値が低すぎるのか。

「ほっぺた林檎《りんご》みたいでかわいいね、貢藤」

「かわいいって言うのやめてください」

この会話ももう何度繰り返しただろう。最初は本当に嫌で、嫌で、なのに今では困るような恥ずかしいようなムズムズした感情が湧き上がる。どう対応していいのかわからなくてムスッとしていると、大きな音を立ててドアが開いた。

「うおー、人生初の二丁目だよ」

「すんませーん、初心者ですけどお仲間に入れてくださーい」

スーツ姿のグループはすでに相当酔っている。ノンケが興味本位でやってきたのはバレバレで、場違いな騒がしさに店内の客が迷惑そうに眉をひそめる。なんとなくうつむいていると、その中のひとりがフラフラと酔った足取りで近づいてきた。

「……もしかして、貢藤？」

驚いて顔を上げ、貢藤は目を見開いた。そこには貢藤の顔面コンプレックスのきっかけになった初恋の男が立っていた。

「やっぱ貢藤じゃん。俺、西村、覚えてる？」

酔いで染まった赤ら顔で、久しぶりだなあと親しげに肩を叩かれた。

「すげえ懐かしい。おまえ今なにしてんだよ。俺は不動産会社の営業なんだけど」

西村がおぼつかない手つきで名刺を渡してくる。社会人の条件反射で、貢藤も胸ポケットか

ら名刺を出した。西村がまじまじと名刺を見る。

「へえ、編集。おっ、徳万って大手じゃん。『ラズベリー』？」

「あ、知ってる。姉貴が昔読んでた。少女漫画だろ」

西村の連れが横から口を出し、西村が素っ頓狂な顔をした。

「貢藤、少女漫画の編集やってんの？」

「……そうだけど」

なにか文句でもあるのかと、眉間《みけん》に皺《しわ》が寄ってしまう。

「おまえ、その顔で少女漫画ってすげえな。もうネタの域だろ」

「お友達、その筋の人って言われても納得できる雰囲気だよな」

「当たり当たり、貢藤の昔のあだ名、ヤクザだもん」

「まんまじゃん。少しはひねれよ」

見ず知らずの男にまでツッコまれ、貢藤は拳をにぎり込んだ。

「で、貢藤、今日はなんで二丁目なんだよ」

笑いながら問われる。しかしもう口もききたくない。

「もしかして貢藤、そっちなの？」

「おいおい、ヤクザで少女漫画でオカマってキャラ濃すぎるだろ」

どっと笑いが起きる。無視しろ。タチの悪い酔っ払いだ。わかっていても羞恥と情けなさが込み上げてくる。理不尽な怒りで顔全体が熱を持つ。今すぐここから逃げ出したい衝動をこらえていると、ヤコ先生が鼻唄混じりに立ち上がった。なにをするのかと思ったら、後ろから西村に近づき、いきなり膝カックンをした。

「うお……っ」

元々酔いでふらついていた西村は簡単に前につんのめった。床に倒れ込んだ西村の背中を、ヤコ先生が勢いよく踏みつける。ぐえっとおかしな声が上がった。

「おまえら、さっきからオイタがすぎるんじゃない？」

ヤコ先生は腕組みで西村を睨み下ろす。

「ママ、ちょっとそこにあるの貸して。その黒いの」

ヤコ先生がカウンターに声をかけると、オネエのママが壁にかけていたサディスティック満開な黒皮の鞭《むち》をヤコ先生に手渡した。飾りだと思っていたが実際に使用できるものらしい。ヤコ先生は持ち手のにぎり具合を確認してから、試すように鞭を床に打ちつけた。しなった鞭が空気を裂き、細く弾力性のある音が店内に響いた。

「う～ん、いい音。マナーを知らない馬鹿のお仕置きにぴったり」

うふっと残忍な笑みを浮かべるヤコ先生を、西村が恐怖の表情で見上げる。

「じゃあ、まずはネクタイと靴下だけ残して脱いでもらおうかな」

「だ、だれがそんな――」

西村が起き上がろうとした瞬間、店内の客から拍手が湧いた。

「いいねえー、さっさとひんむいちまえよ」

「ノンケの調教なんて滅多に見られないからな」

同じように腹を立てていた客たちが一斉に野次を飛ばす。

「どうする？　開発されたくなかったらさっさと消えた方がいいよ」

ヤコ先生が足をどけると、西村はバネ仕掛けの人形のように身体を起こし一目散にドアに向かって駆け出した。他の友人たちもそれに続き、無礼な一団が去ったあと、店内は再び拍手に包まれた。ヤコ先生が笑ってママに鞭を返す。

「ヤコちゃん、素敵。あたし惚れそうよ」

「僕とママだと百合《ゆり》ップルになっちゃうね」

うふっとママとラブリーな笑みをかわし合ったあと、ヤコ先生が振り向いた。

「じゃ、帰ろうか」

「え？」

戸惑う貢藤をよそに、さっさと支払いをすませてヤコ先生は店を出た。地上への階段を上がりながら、貢藤は消え入りたい気分になった。前回は佐々木で今回は西村。ことが進みそうになるたび邪魔が入る。佐々木はともかく、今日は最悪だった。

西村はあんなやつだったろうか。あんなやつが自分の初恋だったんだろうか。あんなやつのせいで十六年間も自分はコンプレックスにまみれ――いや、それは違う。

西村のことはただのきっかけで、それ以降、色々うまくいかなかったことは全て自分自身の臆病さが原因だ。見た目とは正反対の思い切りの悪さ。うんざりして溜息《ためいき》を漏らすと、先に階段を上がっていたヤコ先生が振り向いた。

「近くに会員制のシャンパンバーがあるんだけど、次、そこでいい？」

「帰るんじゃないんですか？」

問い返すと、ヤコ先生は驚愕《きょうがく》の表情で階段を下りてきた。

「もう帰るつもり？　待ちに待った初デートなのに！」

「い、いや、俺じゃなくてヤコ先生が帰りたいんだろうと思って」

「なんで？」

「あんな連中に絡まれて、ヤコ先生にまで恥をかかせてしまって」

――ヤクザで少女漫画でオカマってキャラ濃すぎるだろ。

連中の馬鹿笑いを思い出すと、カッと耳まで熱くなった。ヤコ先生といるときの甘みを帯びた熱ではない。ただただ悔しいだけの熱に、古傷がじくじくと疼《うず》きだす。

「……おまえねえ。逆だよ。あんなことがあって貢藤が居づらいだろうと思っただけ」

前髪を梳《す》かれて、視線だけを上向けた。

「ほら、そんな情けない顔しないで笑って。貢藤は笑ってるのがかわいいよ」

「こんなヤクザ顔が笑っても……」

「そんなことないよ。ためしに笑ってみ?」

「嫌です」

「ちょっとだけ、ね?」

笑顔で覗き込まれ、悪意ににぎり潰《つぶ》された気持ちがゆっくりほぐれていく。両の口端をぎこちなく持ち上げると、ヤコ先生はうーんと難しい顔をした。

「やっぱり、人前では笑わない方がいいね」

「なんですか、それ」

無理矢理笑わせておいて。理不尽さにうつむくと、コツンとおでこをぶつけられた。

「かわいすぎて心配になるから、僕の前でだけ笑っとけばいいよ」

おでこをくっつけたままささやかれ、心臓がキュンとすぼんだ。乙女の恋愛を描き続けて十七年、さすが超一流の売れっ子少女漫画家。なんて王道の口説き方だ。怒濤《どとう》のキュン波に襲われて、甘い甘い蜂蜜の中で溺れそうに苦しい。

「貢藤、こっち向いて」

首を横に振ったが、指先で顎《あご》をつまみ上げられた。いつもは若干自分の方が高い目線が、今は階段の段差で見下ろされている。ヤコ先生がゆっくりと顔を寄せてくる。

——こ、この流れは……っ。

——駄目だ、拒め、初デートでなんて早すぎるだろう！

——ああ、あともうちょっとで、ちょっとで、ちょっと、ちょ——。

唇が触れ合って、ぴたりと嵐がやんだ。

触れて、離れて、また触れて、角度や力加減を変えながら、甘い波に引きずり込まれるような感覚に全身の力が抜けていく。唇が離れてもしっかり抱きしめられていて、くったりとヤコ先生に身体をあずけた。少しずつ正気が戻ってきたとき、

「本気だからね」

駄目押しのようにささやかれ、カクリと膝が笑った。


人生二度目のキスは、以前の不意打ちとは違い、しっかり合意の上だった。

突き飛ばして逃げることだってできたのに、そうしなかった。

手元のメモ帳にボールペンでグルグルと意味のない線を引きながら、貢藤はあの夜の記憶を巻き戻した。

——本気だから。

思い出した瞬間、ぐわっと線がメモ帳からはみ出した。ああ、なにをやっているんだとデスクについたインクをこする。でも消えない。一度はみ出したものを元に戻すことはできなくて、

どれだけ力を込めてこすっても、うっすらと恋の痕を残す。

「…………………」

いい表現してる場合じゃない！　貢藤は頭を抱えてデスクに突っ伏した。今の状況を冷静に把握しろ。つまり自分のファーストキスもセカンドキスもヤコ先生で、しかもセカンドキスは終わったあと自分から身体をあずけてしまった。

なんだ、この順調に進んでます感は。このままじゃ本当にそうなってしまいそうで怖い。いや、別にヤコ先生を嫌いなわけじゃない。嫌いではないけれど――。

貢藤はデスクに突っ伏したまま、自分とヤコ先生というカップリングを検証してみた。殴り合いの喧嘩《けんか》をしたら、九割自分が勝つ。身長はヤコ先生も高い。それでも並んだら自分の方が若干高い。外見の男らしさ――は比べたくもない。

しかし、中身の男らしさではヤコ先生が圧勝する。

あの夜のヤコ先生は心底恰好よかった。貢藤のコンプレックスの引き金になった西村を軽く追っ払ってくれたシーンを思い出すたび、胸がじんと熱くなってしまう。

――俺は、やっぱり、ヤコ先生を好きなんだろうか。

タイプからはかけ離れているし、ふたりで並んだらビジュアル的にタチネコあべこべで……いや、他人の目は関係ない。ヤコ先生の目に映る自分がかわいくないのが嫌なのだ。それに編集と作家でそうなるのもなんとなく嫌だ。

恋愛の本質とは関係ないところでグルグルしていると携帯が鳴った。担当している作家からで、打ち合わせがあることを思い出した。慌てて編集部を飛び出してエレベーターに乗り込むと、ヤコ先生のところでチーフアシをしている結衣《ゆい》に出くわした。

「先日は佐々木がお世話になって。本当に助かりました」

「私こそ、臨時収入でほしかったワンピース買えたんで」

「今日は打ち合わせ？」

「はい、見事にボツ喰らいました」

結衣は苦笑いを浮かべた。結衣は『ラズベリー』でデビューしているプロだが、なかなかヒットが出ず、ヤコ先生のところで修業を兼ねたアシをしている。

「なんか、こうもボツ続きだと心折れそうです。ヤコ先生のところは楽しいし勉強になるけど、それなりに上手い子ばかりだからサクサクデビューして、アシ卒業していくんですよね。いっつも後輩に追い抜かれていくばかりで……」

それは腐る。けれど夢を追うなら心は強く持っていないと駄目だ。落ち込んでもいいけれど、手だけは動かしていないと先に進めなくなる。

「トキオくんとか、特にすごいじゃないですか」

「ああ、たまに手伝いにきてくれる仲村《なかむら》くん？　久々に勢いのある若手だって『サンズ』の編集も羨《うらや》ましがってたな。今年の『このマン』にランクインするんじゃないかって」

「ヤコ先生の男の趣味の悪さは伝説ですけど、トキオくんは違いましたね」

「え?」

問い返すと、結衣が首をかしげた。

「ヤコ先生とトキオくん、前につきあってたんですよ。知りませんでした?」

――知りませんでした。

心の中で答えたとき、チーンと軽快な音と共にエレベーターの扉が開いた。

じゃあと結衣と別れ、貢藤は打ち合わせ用ブースへ向かった。

そういえば以前、担当になりたてのころに聞いたことがあった。

――本命の前カレは漫画家志望の年下の男の子でさ、僕んとこにアシスタントにきたのがきっかけだったの。今はもうデビューしてて、才能のあるいい男だったよ。

あのときは聞き流していたが、仲村トキオのことだったのか。確かに才能のある漫画家だ。ヤコ先生とは師弟関係だと思っていたが……。ふうん、なるほど。昔のことなので気にはしないけど、いや、少しは気になるけど、なんというか、ふうん……。

ん? でもちょっと待て。トキオはまだ二十二、三歳くらいじゃなかったか。じゃあヤコ先生とつきあっていたのは十代スレスレ? 軽く犯罪だが、そんなにお互い好きだったんだろうか。いや、好きだったんだろう。そんな障害がありながら……。

言われてみれば、ヤコ先生とトキオの間には妙にこなれた雰囲気が漂っている。才能のある創作者同士、通じ合うものがあるのだろうと単純に思っていたが、それだけではなかったのだ。恋人同士だったなら、もちろん身体の関係もあっただろうし。

——身体の関係……。

思わず立ち止まってしまった。頭が考えることを拒否し、ついでに身体の動きまで止まってしまったようだ。重いもので塞《ふさ》がれたように胸が苦しい。これは嫉妬《しっと》か？　しかし、つきあってもいない相手の交遊関係に嫉妬するなんて身勝手ではないか。

——じゃあ、ちゃんとつきあうか？

そんな考えが脳裏をかすめた。いやいや、それは本末転倒だ。

十六年間抑え続けてきたキュンな恋愛への憧れを、自分はヤコ先生を使って満たしているだけかもしれない。そこに昔の男なんか出てきたせいで、気に入りのおもちゃを取られた子供のように拗《す》ねているだけかもしれない。そのあたりをちゃんと検証しないとあとで泣きを見る。ヤコ先生にだって失礼すぎる。

しかしこの胸苦しさはただ事ではない。これがちゃんとした恋なのか、ただの恋への憧れなのか判別つかない。これほど少女漫画を読み続けて知識は豊富なのに、いざ現実となるとまるでフィードバックできない。ひどい。自分。

「——ちょっとベタすぎるでしょうか」

担当している漫画家がつぶやき、貢藤は思考の大海原から顔を出した。

しまった。もう打ち合わせに入っているのにぼけっとしていた。

「ヒロインが恋でグルグルするのは王道としても、ここまできても自分の気持ちを自覚できないって、ベタを通りこして読者をイライラさせるんじゃないでしょうか」

ネーム用紙を前に、若い女性漫画家は難しい顔でうなる。

「でも、恋とはそういうもんでしょう。恋なんてそこらへんに溢れてるけど、それでもその形はひとつずつ全部違う。だから雑誌の恋愛特集やマニュアル本を読んでもあまり役に立たないし、本気になるほど男も女もみんなグルグルする」

貢藤は自分に言い聞かせるように天井を見上げた。

「こんなにパターンが出尽くした今でも、少女漫画が読み続けられてるのがその証明だと思います。どんなに似ているように見えても、同じ恋なんて世界中探してもひとつもない。恋する少女はみんな悩むんです。特に十代なんてアホほど悩む。だからこの展開でいいんじゃないかな。みんなどこか共感できる部分があるでしょう」

「……貢藤さん」

若い漫画家は、ポッと頬を染めて貢藤を見つめた。

「わたし、今、すごいキュンとしました」

「え？」

「さすが編集さんですね。男の人なのに恋する乙女の切実さをすごくわかってる。そうですよね、若い女の子には自分の恋は世界でただひとつの特別な物語なんですよね」

うっとりと見つめられ、貢藤は尻の座りが悪くなった。

打ち合わせはつつがなく終わり、時計を見るととっくに退社時間を過ぎていた。しかし仕事はいくらでもある。頭の片隅にはいまだトキオの話がひっかかっていて、胸はモヤモヤと濁ったままだ。それを払うように貢藤はデスクに向かった。

仕事をしている間はそれに没頭できるので気が楽だ。けれど残業を終えて会社を出た途端、待ってましたとばかりに悩み事に後ろ襟《えり》をつかまれ溜息をついた。

こんな風に考え込むのは、自分とヤコ先生の関係が曖昧《あいまい》だからだ。気持ちの方向が定まらないまま、状況だけがどんどん進んでいくから迷うのだ。こういうときは相手がどうこうではなく、まず自分がどうしたいかを決めなくては先に進めない。

けれどその前に、自分には乗り越えなくてはいけないハードルがある。よしんばヤコ先生と正式におつきあいなるものをはじめたとして、その先に必ず待ち受けるアレをどうする。そのときになって「やっぱり無理でした」は通用しない。

駅へと歩きながら、通りがかったネットカフェの前で貢藤は立ち止まった。しばし逡巡《しゅんじゅん》し、思い切って中に入った。受付をすませて個室へ入り、すぐにパソコンを立ち上げた。胸が激しく鳴っている。大昔、世界中から隠れるように布団に潜り込み、こっそり少女漫画を読んでいたときの罪悪感がよみがえってくる。あのときと違うのは、高揚感の代わりに不安が渦巻いていることだ。

イヤホンをつけ、音漏れしないか何度も確認してから目当てのサイトにアクセスした。ずらりと並ぶタイトルの中から比較的ソフトなものを選び、恐る恐るクリックする。

『つあ、あっ、だ、め、そこ、やっ、ん』

瞬間、イヤホンから男の喘《あえ》ぎ声が聞こえて心臓が止まりそうになった。

予想以上のインパクトに、貢藤は目を逸らすこともできず、裸の男ふたりが絡みまくっている映像を凝視した。自意識と性的興味が人生で最高値をマークする中二に顔面コンプレックスを発症し、以来、そういうものを極力避けて生きてきた。そして今、齢《よわい》三十にして初めて目にする男同士の性行為に、貢藤の中で暴風雨が吹き荒れた。

——え？　え？　そんなことすんの？

——やめろ、それは無理だ。裂けるぞ。怪我するぞ。

——やめろ、やめ、あ、あっ、あああああ——。

心の中で叫んでいるうちに動画は終わり、貢藤はしばし茫然とした。少しずつ現実感が戻ってきて、完全に我に返ったとき、ぶるりと身体が震えた。

——すごかった……。

なんだ、あれは。なんなんだ、あれは。男同士でつきあっている連中はみんなあんなことをしているのか。もちろんやり方くらいは知っていたが、目で見たインパクトはすごかった。ヤコ先生とつきあったら、あんなことを自分もするのか。

男に組み敷かれ、アンアン喘いでいた若い男を思い出し、恐る恐るそれを自分に置き換え、再生してみた瞬間、羞恥のあまり憤死しそうになった。こんなヤクザ顔であんなことやこんなことをされてアンアン喘ぐ自分。駄目だ。耐えられない。そんな無様を晒すくらいなら一生童貞でいた方がマシだ。童貞でいた方が……。

――それも嫌だ。

貢藤は狭い個室の中でばたりと仰向《あおむ》けに倒れた。

ああ、どうして自分の顔はこんな形状に変化してしまったのか。幼いころの日本人形みたいに愛らしい自分のまま成長したかった。それならアンアン喘いでても絵になったろうに。それか、せめてヤコ先生が自分を凌《しの》ぐほどの兄貴系だったら――。

今まで幾度となくはまった迷路にまた入り込んでいる自分に気づき、寝転がったまま膝を抱えて目をつぶった。もう認めよう。これは恋だ。自分はヤコ先生を好きになっている。

でも、やっぱり恋なんかするもんじゃない。

誰をどれだけ好きになっても、この顔面コンプレックスを越えられる気がしない。

「俺は、ヤコ先生の気持ちには応えられません」

いつ言おうかずっとタイミングを計る中、打ち合わせが終わったあと食事に誘われたので、ここだと思い切って告げた。すみませんと深く頭を下げる。

「こないだ、あんなに熱いキスをかわしたのに？」

ストレートに問われ、いきなり崖っぷちに追いつめられた。

「い、色々考えた結果……」

「……色々か」

ヤコ先生は腕組みで反芻《はんすう》した。

「おまえの色々って、多分アレだろう。顔面がヤクザっぽいとか若頭レース一番人気とか徹夜明けは二、三人沈めてきたみたいな悪相になるとか、そういうのでしょ？」

そこに愛があるのか疑わしいほどひどいことを言われた。

「何回も言ってるけど、僕にとって、おまえは世界で一番かわいいんだよ？」

「あ、ありがとうございます。でも——」

貢藤はぐっと拳をにぎり込み、ぐらぐら揺れる気持ちを抑え込んだ。

「ヤコ先生の気持ちは嬉しいです。でも誰に慰められても、励まされても、自分でもどうしようもないっていうか、一旦そう思い込んだらもう駄目というか」

ヤコ先生はなんとも言えない顔をした。怒っているような、憐《あわ》れんでいるような、苦しがっているような、慈しんでいるような。受け止めきれずに貢藤は目を伏せた。

「まあ、わかる部分もあるよ」

ヤコ先生はぽつりとつぶやいた。

「貢藤は、自分で自分に呪いをかけちゃったんだろうねえ。精神的なことが気合いでなんとかなったら、心の病なんてなくなるし」

ふっと息をつき、うん……とヤコ先生はうなずいた。

「いいよ。貢藤がそう言うなら、もう困らせない」

「え」

あっさりした承諾に逆に戸惑った。

「ああ、でもそれと仕事のことはリンクさせないでね。顔合わせるのが気まずいから直でやってた打ち合わせを電話やメールですませるとか、そういう半端は嫌いだから」

「当然です」

「うん、じゃあこの話は終わり。おつかれさま」

「あ、はい、おつかれさまでした」

貢藤は慌てて頭を下げ、ヤコ先生のマンションをあとにした。

ぽかっと胸に穴が空いたような気分だった。予想していた引き止めもなく、自分とヤコ先生の関係は告白以前に戻った。拍子抜けする中、待てよと思った。

ヤコ先生のことだから、次に会ったら何事もなかったように口説いてくるかもしれない。しばらくは警戒しておいたほうがいいだろう。そんなことを考えていると、気が滅入ってきた。

そもそも嫌いで拒否したわけではないのだから、こっちも苦しい。

——できるなら、このまま波乱なく終われますように……。


貢藤の望み通り、次に会ったとき、ヤコ先生は仕事の話しかしなかった。

ネームはギリギリ進行で胆が冷えたが、〆切り日には原稿はできあがっていた。通常運転だ。

〆切り明けは比較的ヤコ先生もゆっくり過ごすので、連絡があるならここだろうと思っていた数日間も、着信もメールもなかった。

日が経つごとに、なぜか落ち着かない気分になっていく。

なんだろう。自分が取り返しのつかない失敗をしている気がする。

翌月、新たに追加された公式グッズの見本を自宅へ届けに行った。以前なら特に用事がなくてもお茶くらい誘ってもらえたのだが、最近は簡単な受け渡し程度なら玄関先で終わってしまう。その日もそうだった。荷物だけ渡して帰ろうとしたとき、キューッとヤコ先生の腹の音が玄関に響き、貢藤は振り返った。

「腹、減ってるんですか？」

「あ、うん、バタバタしてて食べそびれちゃった」

ヤコ先生は忙しくなるとすぐに食事を飛ばす。

「なにか作りましょうか？」

思わず自分からそう聞いていた。

「ありがとう。でも適当にデリバリーでも取るから」

ヤコ先生はおつかれさまと笑顔で手を振る。

貢藤は黙って頭を下げ、ヤコ先生のマンションをあとにした。

電車の中で、気持ちがストーンと落ちているのを感じた。望んだ通りになっているのに、こんなことを望んでいたわけじゃないことに今さら気づく。拒否しても拒否してもめげずに口説かれ続けてきたので、内心いい気になっていたのかもしれない。

舌打ちすると、辺りの空気に緊張が走った。

しまったと表情をほどいたが、自分の周りから波が引くように乗客が逃げていく。

公共の場では気をつけているのについ――。反省しかけ、なぜ生まれ持った顔を反省しなくてはいけないのだと余計に情けなくなった。


その日、貢藤《くどう》はヤコ先生宅のキッチンで来月号のアオリを考えていた。テーブルの向かいでは、チーフアシの結衣《ゆい》がネームをやっている。そのとき、静かな空間を裂くようにヒイイィィ

――と横溝正史《よこみぞせいし》的悲鳴が響き、ふたりはびくりと顔を上げた。

「ヤコ先生、大丈夫ですか！」

ふたりでヤコ先生の仕事部屋へ駆けつけてドアを叩《たた》くと、

「ひとりにして！」

ドア越しに怒鳴られ、貢藤と結衣は顔を見合わせた。

――生きてるな？

――はい、生きてます。

ヤコ先生の生存を確認し合い、ふたりはやれやれとキッチンへ戻った。

ヤコ先生がネーム地獄にはまるのは毎度のことだが、今月はひどい。なにも浮かばないとダンゴムシみたいに床に丸まり、貢藤がトイレに行っている間に脱走した。手塚《てづか》メモを頼りに二丁目を捜してもいなかったので、そこだけは踏み込みたくなかったが偽実家を襲撃してようやく捕獲できた。ヤコ先生は渋々マンションに帰ったが、思考力が鈍るからと食事をせず、吐き出せないネタの代わりにトイレで胃液を吐いた。

編集長に相談した結果、結衣とふたり二十四時間態勢で見張ることになった。原稿の遅れよりも、ヤコ先生の身を案じての措置なのだが、今のヤコ先生は産みの苦しみの真っ最中で、担当編集といえどロクな手助けができないのがはがゆい。

「こんなにやばいのは久々ですね。最近安定してたのに」

結衣が溜息《ためいき》をついたとき、携帯の着メロが響いた。すいませんと断ってから結衣は携帯に出て、ああ、はいはい、待ってたのよーと玄関へ向かう。こんなときに誰を呼んだのだ。非常識だなとイラついたが、現れたのは仲村トキオだった。

「貢藤さん、すみません、わたし今日用事が入っちゃって。代わりにトキオくんにきてもらいました。多分、わたしよりも百倍ヤコ先生の扱いに慣れてますから」

それじゃあと結衣は帰ってしまい、貢藤はトキオとふたりでキッチンに取り残された。そういうことは事前に言ってくれと焦っていると、どうぞと紙袋を差し出された。

「俺の恋人が作った飯です。ヤコ先生、あいつの飯好きだから」

貢藤はまばたきをした。

「仲村《なかむら》くん、恋人いるの？」

「そんなにモテなさそうに見えますか？」

無表情に切り返され、貢藤は失言に気づいた。

「いや、すまない。そういう意味じゃないんだ」

貢藤は背を向け、紙袋から料理の入った容器を取り出し冷蔵庫に詰めていった。

なんだ、そうか、トキオには恋人がいるのか。そういえば田舎から幼馴染みが上京してきてそっちとくっついたから破局したとかなんとかヤコ先生が言っていた。

あれ？　でもじゃあこの料理はヤコ先生にとっては元恋敵からの差し入れ？　それはどうな

んだ。しかしトキオはごく普通にこれを渡してきた。わからない。ヤコ先生周辺の恋愛模様は複雑すぎる。自分のような初心者には――。

「なにかあったんですか？」

考える中、いきなり問われた。

「なにが？」

「ヤコ先生のスランプ、貢藤さん絡みじゃないんですか？」

どきっとした。本当はずっと考えていた。もしや今回のヤコ先生の不調は自分のことが原因だろうか。冷静さを装っていたけれど、実は心の中でヤコ先生も苦しかったのかもしれないと胸が痛み、けれどそれは傲慢《ごうまん》な想像にも思えて、考えることを避けていた。

「面倒なんでハッキリ言いますけど、俺はヤコ先生から貢藤さんとのことを相談受けてます。いい感じにキスしたあとで振られたと聞いたけど、合ってますか？」

本当にハッキリ言うやつだ。しかもざっくりすぎるほどざっくりまとめてくれてありがとう。いい感じでキスまでしておいて、直後に振った。客観的に事実を述べられ、自分のしたことがかなり非常識でひどいことだと自覚できた。

「合ってる。けどその内訳は色々あって」

「内訳を聞いても部外者の俺にはなにもできないんで、そこは省くとして」

省くのかよ。どこまでもハッキリしたやつだ。

「もう少し、ヤコ先生を楽にしてあげてほしいというか……」

トキオの歯切れがわずかに悪くなった。

「楽とは？」

問い返すと、トキオは表情を曇らせた。

「……すいません。俺が言える立場じゃないですね」

トキオは溜息をついて椅子《いす》に腰かけた。

「仲村くんは、まだヤコ先生のことを好きなのか？」

「それはありません。俺はナツメ…今のやつじゃないと駄目なんで」

これもハッキリと否定された。

「それを改めて俺に気づかせてくれたのはヤコ先生です。なのにそのヤコ先生を泣かせてしまう結果になったんで、俺には俺なりの内訳があるわけです」

「ああ、きみの罪悪感の肩代わりを俺にしてほしいと？」

意地悪な聞き方になってしまった。案の定、トキオは目を伏せる。

「……だから、言える立場じゃないって言ったでしょう」

バツの悪そうな様子に、貢藤は自分の大人げなさを反省した。

「ヤコ先生とは、本当に駄目なんですか？」

問われ、貢藤はなにもない壁を見つめた。その問いはもう何度も自分にした。気持ちは全然駄目じゃない。というか好きだ。しかし身体が、もといこの顔が駄目だ。

──プラトニックでもよろしいでしょうか。

そんな恥ずかしいことを三十の男が三十四の男相手にお願いできるか。組み敷かれるのがそこまで嫌なら、逆転の発想で自分が組み敷く側になるかとも考えた。でもそれだと気持ちが萎《な》えるのだ。見た目に反してバリネコな自分が恨めしい。あちらを立てればこちらが立たず、一体どうすればいいのかとトキオに視線を戻した。

若いけれどいい男だ。知性的な顔立ちで目に力がある。一本芯の通った面構えで、それが作品にも表れている。一見冷たそうに見えるが、さっきの会話を思い出すとなかなか情を尽くす性格なのだろう。総合、男前である。

それに比べて自分はどうだ。上だの下だの顔面がどうのと煮え切らない未経験の三十男。駄目だ。駄目すぎる。とはいえ、同じ人間なのだからトキオにも駄目なところがあるはずだ。頭ではわかっている。なのに今の状況では、元カレという存在はそれだけで自分より高みに思えてしまう。男として負けたくないが、勝てる気が全くしない。いやいや、勝ち負けの問題でもないのだが。貢藤は腕組みで天井を見上げた。

「仲村くん」

「はい」

「……きみんときは、ヤコ先生は受けてたのか？」

妙な間が空いた。

「はい？」

怪訝《けげん》な顔をされ、ぐわっと顔が熱くなった。うおおお。こんなときに自分はなにを聞いているのか。馬鹿すぎる。女々しすぎる。今すぐ走って逃げ出したい。腕組みで天井を見上げたまま赤面していると、ぶっとトキオが吹き出した。

「す、すいません、おかしな意味で笑ったんじゃなくて」

そう言いながらも笑いをこらえ切れていないトキオに、貢藤は穴があったら入りたい気持ちになった。真っ赤な顔で羞恥に耐える中、トキオがふと真顔になった。

「ヤコ先生、いつも貢藤さんのことをかわいいかわいいってノロケるんですけど、なんとなく意味がわかりました」

トキオがふっと笑う。こんな年下の男にまでかわいいと言われるなんて……。立ち直れないほどの羞恥にまみれていると、仕事部屋からまた雄叫《おたけ》びが聞こえた。

「あれは末期の声ですね」

トキオが立ち上がって様子を見にいく。貢藤はホッとしてあとを追った。

「ヤコ先生、俺です。ちょっと様子見にきたんですけど」

トキオが仕事部屋のドアをノックした。

「無理だと思うぞ。今日は朝から一度も出てこな――」

しかしドアが内側から開いた。

「……トキオ」

ドアに隠れ、貢藤の位置からヤコ先生の姿は見えない。トキオは苦笑いでドアの内側に手を伸ばし、ポンポンとなにかを叩くような仕草をした。トキオが貢藤を振り返り、片手で拝む仕草をしてから部屋に入っていく。そしてドアは閉じられた。

「…………………」

しばらく立ち尽くしたあと、貢藤は無表情にキッチンへ戻った。

時計を見ると午後を過ぎていた。そろそろ社に戻ろうか。トキオがいれば大丈夫だろうとパソコンの電源を落とそうとして、手が止まった。

居残っても、自分にできることはなにもない。

最後の最後、編集はクリエイターの世界には入れない。

その証拠に、自分には開かなかった扉がトキオには開いた。

自分には見せない弱みを、ヤコ先生はトキオになら見せられるのだ。

担当編集としても、ひとりの男としても、激しく落ち込んだ。もう帰ろう。帰っても不都合はない。なのに「じゃあ、できたら連絡ください」とはいかない自分がいる。

編集は直接創作にはかかわれないが、縁の下で作家を支えている自負がある。ヘルプコールが入れば夜中だって駆けつける。描けないと言われたら、どうしたら描けるようになるのか一緒に考える。そして今、自分にできることは待つことしかなかった。ここまで詰まっている作家に、できたら連絡くださいと言い置いて帰れない。

なんの役にも立たないなら、せめてそばでしんどい時間を共有しよう。そして作家が抜け出してきてくれたときには、一番におつかれさまでしたと言おう。

そういうやり方は今どき流行らない、非効率的だと先輩たちからは言われる。そんなことをしていたら自分の身がもたないぞとも。その通りだ。このやり方は疲労する。

けれど——貢藤は腕組みで天井を見上げた。

ふたりは今頃なにを話しているんだろう。気にするなと思っても気にかかる。油断すると生産性のないベクトルに流れていく思考を理性で押し止《とど》め、貢藤はパソコンの画面に向かい合った。今は仕事に集中しよう。

しばらくすると、トキオがキッチンに戻ってきた。

「貢藤さん、いたんですか」

トキオが驚いた顔をする。

「帰ったかと思ってました」

「こんな状態の担当作家を人任せにして帰れないだろう」

そう言うと、トキオは柔らかくほほえんだ。

「いいですね、そういうの。じゃあ、あとは貢藤さんに任せて俺は帰ります」

「ありがとう。おつかれさん」

トキオが帰っていき、貢藤は再びパソコンに向かった。

夕方近くなったころ、仕事部屋のドアの開く音がした。

「ヤコ先生？」

キッチンから顔を出すと、ヤコ先生はびくっとあとずさった。

「く、貢藤、いたの？」

「いますよ。当然でしょう」

ヤコ先生はぽかんとしたあと、嬉《うれ》しそうな笑みを浮かべた。ちょっと待っててねと急いで仕事部屋へ引き返し、ネーム用紙を取ってきた。

「まだ、きちっとまとめてないんだけど」

「おつかれさまです」

ネーム用紙を両手で受け取り、頭を下げて押し頂いた。別にヤコ先生に限ってのことではない。ネームや原稿は作家の努力と根性の塊だ。敬意を払うのは当然だ。

「心配かけてごめんね」

ヤコ先生がうつむきがちにつぶやいた。

「でも、待っててくれてありがとう。なんかすっごく嬉しい」

貢藤はほほえんだ。

「打ち合わせの前に、コーヒーでも入れましょうか？」

「うん、お願い」

ヤコ先生は素直にうなずいた。コーヒー牛乳を手にリビングに行くと、ヤコ先生はイタリア製のソファでクッションを抱きしめて寝転がっていた。

「ヤコ先生？」

声をかけたが、ピクリとも反応しない。完全に撃沈している。今日はもう打ち合わせは無理だろう。明日また出直した方がいい。

起こさないよう、静かに寝顔を覗《のぞ》き込んだ。艶《つや》を失った金髪をそうっとかきわけると、深く閉じられた目の下にはクマができていた。かさかさの唇。頬のラインがわずかに削げている。全てを出し切って空っぽになった人の寝顔だ。

――夢を売る側は大変なんだよなあ……。

胸が締めつけられて、吸い寄せられるように顔を寄せていく。

触れるか触れないかのキスを目元にしたあと、我に返って身体を離した。

無意識に口元を手で覆う。自分のしたことにうろたえ、貢藤は足早にリビングを出た。急いで帰り支度をし、思い出して寝室から毛布を取ってきてヤコ先生にかけた。

『おつかれのようなので、本日は失礼いたします。打ち合わせはまた明日にでも』

短いメモを残し、貢藤は逃げるように部屋をあとにした。

自分から距離を取ったくせに、やっていることに一貫性がなさすぎる。仕事ならなんとかできるのに、恋愛になるとなぜこうもコントロール不能になるのだ。

モヤモヤとした気分で駅へ歩いていると携帯が震えた。実家からだ。

『もしもし』

『利里《としさと》?』

母親の声が響く。滅多に電話などしてこないのにどうしたんだろう。

『急に電話してごめんね。元気でやってる?』

『うん、まあまあ。それよりどしたん。なんかあった?』

東京《とうきょう》暮らしも長いのに、親と話すときはすぐに地元訛《なま》りが出てしまう。

『それが、お父さん怪我しちゃって』

貢藤は首をかしげた。


祖父の法事で帰って以来、一年ぶりの帰郷だった。年がら年中忙しい編集業などをしていると、たまの休暇は身体を休めることで終わってしまうのだ。

「利里、わざわざ帰ってきたんか」

病室に顔を出した貢藤を見て、父は驚いた顔をした。聞いていた通り骨折した足をギプスで固められながらも、父は元気そうだった。

「利里には知らせんでええって言うたやろう」

父がとがめるように母を見る。

「ええんやって。それより身体どうなん」

「たいしたことあらへん。樽《たる》の方に落ちたら醬油《しょうゆ》漬けやったけどな」

豪快に笑う父を見て、貢藤は安堵《あんど》の息をついた。

貢藤の実家は京都《きょうと》の小さな醬油屋で、昔ながらの製法で醬油樽を攪拌《かくはん》する作業中、父親は足を滑らせて骨折したのだ。若いころから職人一筋の父がそんな迂闊《うかつ》なミスをするなんて信じられなかったが、よく考えれば来年でもう七十の老人だ。

「まあ元気そうで安心した。ちょっと飲み物買ってくるわ」

一階の自動販売機でコーヒーを買っていると、後ろから「利ちゃん」と声をかけられた。振り返ると母方の叔母がいた。見舞いだろう、懐かしそうに近づいてくる。

「元気にしてるの？　正月にもロクに帰ってこんと」

「仕事が忙しくてつい」

「仕事て、あのお絵描きのことか？」

貢藤は苦笑いを浮かべた。この年代の人に説明してもわかってもらえる自信はない。

「実家がこんなときに、あんたも少ししっかりしんと」

「うん、親父も年やし。けどうちは兄貴がおるから安心してるんやけど」

「こんなときに、なにをのんきなこと」

「こんなとき?」

怪訝そうな貢藤に、叔母は知らないのかと困惑した。

醬油屋の売り上げはずいぶん前から伸び悩んでいた。大口の納入先が倒産した二年前から本格的に傾きだし、跡継ぎである兄が営業にかけずり回ったが、このご時世なかなか厳しい。父も年で体力のいる醸造はそろそろ無理なのだが、兄ひとりで醸造所と営業を回すのはもっと無理だった。かといって、人を雇う余裕はない。

「家も醸造所の土地も、銀行の担保に入ってんねんで」

「……は?」

「次男のあんたには心配させんとこて、なんも言わんかったんやろね」

溜息をつかれ、貢藤はうなだれるしかなかった。

「銀行の借金って、どれくらいあんの?」

「五千万くらいって聞いてるけど」

すごい金額に気が遠くなった。土地を担保に借りているなら最悪返済はできる。しかし代々続いてきた商売を自分たちの代でつぶすのは父も兄も無念だろう。

「お兄ちゃんは醸造所回すので手一杯やし、あんたが帰ってきて外回りや他のこと引き受けてくれたらどないか助かると思うんやけど」

「……うん、そうやな」

うなずいた瞬間、ずしりと重い荷物を背負ったように感じた。

叔母と一緒に病室に戻ると、父は眠っていた。ベッド脇の椅子に腰かけ、母も背を丸めてうつらうつらしている。眠っているふたりは急に年を取ったように見えた。

夜は近所に住んでいる兄の家族も一緒に、久々に母の手料理を食べた。夕飯を一緒に食べるのは久しぶりと、兄の子供はずっと兄にじゃれついていた。仕事が忙しいのかとさりげなく聞いたが、兄はぼちぼちなと笑うだけで経営が苦しいことなどおくびにも出さない。兄は長男の責任感が強く、昔から愚痴を言わない人だった。

そのうち眠くなった子供がぐずりだし、兄夫婦が帰ったあと母親もつかれたからと寝室に引き上げていった。まだ十時にもなっていない。普段ならまだ仕事をしている時間なのに、実家はもう静まり返っている。東京とは違う暮らしがここにはある。

ここに帰って、家族と一緒に働く自分を想像した。

家業なので、仕事のやり方はある程度はわかっている。それはいいとして、田舎なので結婚話を持ちこまれることを思うと憂鬱《ゆううつ》になった。それを断り続けるのも面倒くさいし、いつまでも独身だと肩身が狭くなる。漫画くらいは読めるだろうが、少女漫画は難しそうだ。また夜中にこっそり隠れて読むのか。

――昔に逆戻りか。

ヤコ先生と出会って、ようやく少し自分の殻を破れた。その顔で少女漫画と嗤《わら》われることよりも、好きな仕事に携われる喜びを大きく感じられるようになった。けれどこんな状況の実家を放って、自分だけ好きなように生きていく決心はつかない。

居間でなんとなくクイズ番組を見ていると、携帯が鳴った。手塚だ。出ると、『おつかれさーん』と軽快な声の背後に、人が働く雑多な気配が重なった。

『帰省中に悪い。今からヤコ先生とネームの最終打ち合わせ行ってくるよ。おまえ心配してたから一応報告しとこうと思って』

『ありがとうございます。ギリギリ進行ですけどよろしくお願いします』

『ああ、こっちは任せといて。で、親父さんの具合どう?』

『怪我はたいしたことなかったんですけど……』

歯切れの悪い貢藤に、どうしたと手塚が聞いてくる。

『手塚さん、何年か前に実家継ぐか悩んだことがあるって言ってましたよね』

『ああ、結局、継がなかったけどな。なに、おまえも親に泣きつかれたの?』

『泣きつかれてはいないですけど、色々うちも経営とかやばいらしくて』

『あー、今はどっこもそうだよなあ。うちは農家だったけど何度シミュレーションしても赤字で、馬鹿らしくなってもう辞めろって両親に言ったよ』

『そらまた思い切りましたね。親御さんもよく聞き入れたというか』

『俺が継いでなんとかなるもんならもうちょっと考えたけど、どうやっても未来がなさそうで、やっぱり俺は編集の仕事好きだから引き替えにはできなかったよ。親には悪いことしたと思ってるけど、そこはやっぱ自分の人生もあることだし』

『……そうですね』

貢藤は溜息をついた。

『まあじっくり考えろ。東京で十年以上やって、今さら田舎にとけ込むのは難しいと思うぞ。もうなにもかも違うから、価値観もっかい作りかえる覚悟がないと』

有益なアドバイスをもらって電話を切ったが、現実、年老いた両親を目の当たりにすると心が揺れる。親を助けつつ、その中で自分の幸せも見いだせたらいいのだが、自分の場合は難しい気がする。仕事はともかく、性癖の面で生きづらい。

ヤコ先生との縁も、もちろん切れる。恋愛関係は停滞していても、編集と作家という関係まで失うなんて考えもしなかった。想像すると胸が苦しくなった。

ああ、厄介事というのはなぜ一度にやってくるのだろう。恋愛。仕事。親。自分を構成する三大要素がドミノ倒しのようにこちらにむかって倒れてくる。べちゃっと潰《つぶ》されたところまで想像し、貢藤は疲労困憊《こんぱい》して風呂に向かった。

自分の部屋に戻ってもまだ十二時前だ。田舎の夜は長く、時間感覚にすらつまずいてしまう。

眠れずに寝返りを打っていると携帯が鳴った。手塚だろうか。確認するとヤコ先生だった。もしやまたなにか詰まったかと慌てて出た。

『貢藤────っ！』

いきなりの絶叫に、貢藤は携帯を耳から離した。

『ど、どうしたんですか。またなにかドツボに──』

『貢藤、仕事辞めて田舎帰るって本当？』

『は？』

『さっき手塚から聞いたよ。実家の醤油屋が経営危機だって』

貢藤は額に手を当てた。

『まだ決めてません。考え中なだけで』

『考え中ってことは、可能性はゼロじゃないんだろう。ああ、もうやだやだ。なんで実家ってワードが出ると毎回こうなんだろう』

『毎回？』

『こっちの話。でも貢藤、小さいころから少女漫画が好きだったんだろう。今は好きなジャンルで働けて楽しい、やり甲斐《がい》があるって言ってたじゃないか』

『そうですけど、好き嫌いだけで決められないこともあるんです』

『それでも、本当に迷ったときは好き嫌いで決めるべきだよ』

ヤコ先生は言い切った。

『世の中、やりたくないことが七割だし、生きてるだけで苦しいことの連続だよ。でも好きなことなら乗り越える力が湧《わ》いてくる。だから本当になにかを迷ったときは好き嫌いで決めた方がいい。その方があとで人のせいにもできないし踏ん張れる』

好きなことを選び、ひとりで踏ん張り続けているヤコ先生の言葉は重い。

自分もそうでありたいと思う。

思うけれど――。

答えられないまま、貢藤の眉間《みけん》の皺《しわ》は一秒ごとに深くなっていく。

『……そりゃあ、なかなか踏ん切れないのもわかるけど』

苦しい胸中を読んだように、ヤコ先生は溜息をついた。

『すみません』

『貢藤が謝ることじゃないよ。僕も興奮してごめん』

ヤコ先生はふうっと息を吐き出した。

『……うん、わかった。貢藤は貢藤の好きにして。僕も僕の好きにするから』

『好きにって、あの、ヤコ先生――』

電話は切れてしまい、ツーツーという無機質な音をしばらく聞いて、貢藤はばたりと布団に倒れた。人生ゲームは年を取るごとにコマの進め方が難しくなる。恋も、仕事も、自分がどちらへ進むべきなのかさっぱりわからない。悩みが多すぎて、もうハゲそうな気がした。

「利里、利里」

翌朝、母親にゆり起こされて目が覚めた。昨日はヤコ先生の電話のあと眠れず、明け方にようやくウトウトしはじめたのでもう少し寝ていたい。

「ちょっと、早よ起きて。お客さんきてるから」

「……客?」

「東京から、金髪の男の人。小指が立ってはる」

東京、金髪、小指——……がばっと身体を起こした。急いで服だけ着替えて居間に下りると、見慣れた実家の居間にヤコ先生が座っていた。

「あ、貢藤、おはよう。もう昼だけど」

「先生、なんでここに」

「志摩《しま》から聞き出して、新幹線で」

「交通手段を聞いてるんじゃありません」

「あの、遠いところようこそ」

母親がお茶を運んできた。紹介しろと視線を貢藤に送ってくる。

「こちら、俺が東京で担当してる作家さん。『パラドル』て知ってるやろ」

「パラソル？」

引きつる貢藤の横で、ヤコ先生が吹き出した。

「とりあえず、いつもお世話になってる先生なんやね？」

うなずくと、母はヤコ先生に丁寧に頭を下げた。

「いつも利里がお世話になっております。利里の母でございます」

「こちらこそ、貢藤くんにはいつも助けてもらっています。山田貞行《やまださだゆき》です」

ヤコ先生は畳に三つ指までつき、意外にもまともな挨拶《あいさつ》を――。

「ふつつか者ですが、末永くよろしくお願いいたします」

しなかった！

母は笑顔で首をかしげている。貢藤は立ち上がった。

「ヤコ先生、せっかくなんでこのあたり案内しますよ」

「利里、そんな慌ただしい」

引き止める母親をいいからいいからと牽制《けんせい》し、ヤコ先生の腕を引っぱって連れ出した。とにかく親から引き離さないとなにを喋《しゃべ》られるかわからない。

「貢藤、おうちでは関西弁なんだね」

とにかく家から距離を取る中、ヤコ先生がのんきに笑う。

「関西人って普段の会話から漫才っていうけど本当?」

「京都と大阪《おおさか》ごっちゃにせんといてください」

「あ、そういうプライドは京都人っぽいね」

「なにのんきなこと言ってんですか。一体なにしに――」

「おまえを助けにきたんだよ」

貢藤は立ち止まって振り向いた。

「はい?」

さっきまでふざけていたのに、ヤコ先生はひどく真面目な顔をしていた。

「昨日言ったろ。僕は僕の好きにするって」

貢藤はまばたきをした。

「……助けって、そんなのしてもらわなくても大丈夫ですよ。まだ実家手伝うって決めたわけじゃないし、決めたとしてもそんなすぐに仕事辞められないし」

「決めてからじゃ遅いからきたんだよ」

ヤコ先生が一歩詰めてきて、貢藤は二歩下がった。

「とりあえず、おまえ、僕のこと好きだろう?」

「なんですか、その決めつけは」

いきなりすぎて、恥ずかしさより戸惑いが先にきた。

　しかしヤコ先生はやれやれと首を振った。

「あのね、おまえが僕のこと好きなのはもうバレバレなの。でもおまえなりに越えなきゃならないことがあるのもわかるから、ここはひとつ待つことにしたんだよ。でもいかにも待ってますっていうのもプレッシャーだろうから、なるべくさりげなくしてたんだよ。そりゃまあちょっと計算もしたよ？　押してばかりじゃ芸がないから、たまには引いて焦らしてやろうとか色々――、まあそのあたりは置いといて」

　ヤコ先生は最後をウニャウニャとごまかした。

「とにかくおまえが認めやすい状況を作って待ってたのに、なんでいきなり逆方向行くかなあ。押されて押されて、思いがけず引かれて愛を自覚するって古今東西恋するヒロインのお約束だろう？　それをなに田舎帰るとか全力で逃げきってゴールテープ切ろうとしてんだよ。これだから処女はやだよ。つか編集だったら展開読めよ」

「さりげなくひどいことを言わないでください」

「おまえが言わせてるんだよ」

　うっと言葉に詰まった。

「まあそういうことだから、実家のことは僕に任せなさい」

　話がいきなり飛んだ。

「任せるとは？」

「金が要るんだろう。いくら?」

ポカンとしたあと、じわりと怒りが湧いてきた。

「いりません。確かにうちは今困ってます。だからって簡単に人に借金を申し込むような真似はしません。先生が今までつまみ食いしてきた男と一緒にしないでください」

腹立ち紛れに、つい余計な一言をつけてしまった。

しまったと思ったがもう遅く、ヤコ先生もムッとした。

「誰が三時のおやつと主食を一緒にするか」

「なんの話してるんですか」

「おまえがすごく大事って話だよ」

わけがわからない。しかし顔が赤くなった。

「で、借金いくら?」

「言うわけないでしょう」

「言えよ」

「聞いたらびびります」

顔を背けると、ぐいと両手で頬を挟まれて元に戻された。

「売れっ子漫画家、舐《な》めんなよ」

至近距離で目が合う。

「ほら、言ってみ？」

「気持ちだけ、いただきます」

ヤコ先生はむーっと顔をしかめた。

「ほんっと、おまえってめんどくさい」

「すいません」

謝ると、ヤコ先生は苦笑いを浮かべた。

「まあいいや、惚《ほ》れてる方が弱いのは恋愛の掟《おきて》だし」

ヤコ先生は溜息をつき、足元に置いていたピンクのカリメロ柄のスポーツバッグを貢藤に手渡した。なんですかと問うと、おみやげと簡単に返された。

「じゃあ、僕、帰るね」

「え？」

「え？　じゃないだろ。〆切りあるのに」

「あ」

すっかり忘れていた。ヤコ先生はぷっと笑い、きた道を戻っていく。家から少し戻ったところにタクシーが停まっている。ずっと待たせていたようだ。

「足りない分は〆切り終わったらまた持ってくるね」

「足りないって――」

言い終わらないうちに、ヤコ先生はタクシーに乗り込んだ。

走り去っていくタクシーを貢藤はぽかんと見送った。まるで嵐のようだ。

しばらく立ち尽くしたあと、渡されたバッグに視線を落とした。みやげと言っていたがやたら重い。なにが入ってるんだとファスナーを開け、ぎょっとした。

帯付きの札束が大量に、かつ無雑作に突っ込まれている。いち、に、さん……数えながら冷や汗が出てきた。ウン千万単位だ。こんな大金をスポーツバッグに詰めこんで東京からきたのか。なんたる危機意識の低さ。なんたる天然。なんたる……。

「あ、利里、こんなとこにいたん。先生は?」

家から母親がママチャリを押して出てきた。

「……帰った」

「もう? 夕飯食べていってもらおうと思ったのに」

それには答えず、貢藤は家のガレージを見た。

「父さんの車は?」

「お兄ちゃんが朝きて乗っていった。家の車は奥さんが使うって」

貢藤は舌打ちした。ここはタクシーを呼んでも時間がかかる。バスは本数が少ない。

「悪い、ちょっとそれ貸して」

貢藤は母親からママチャリを奪い、カリメロバッグを肩に担ぎ直した。

「ちょっと、なんやのその鞄《かばん》。いい年して子供みたいな」

「さわりなや。急いでるし、ほなな」

「利里！」

母親を振り切り、貢藤はペダルに力強く足をかけた。

駅へ向かってママチャリを必死に漕ぐ。漕ぐ。漕ぎまくる。道行く人が振り返る。必死すぎて、人を刺しにいくヤクザにでも見えているのかもしれない。そんな男がママチャリで全力疾走。その上、肩にはピンクのカリメロバッグ。あまりに滑稽《こっけい》な絵面を想像して、そりゃあ振り返って見たくなるだろうと自分でも納得した。

小学生くらいのグループがこちらを指さして笑っている。人を指さすな。ろくな大人にならないぞ。笑いながら携帯を向ける女の子たちもいる。ツイッターにでも投稿され、挙げ句ネイバーにおもしろ画像としてまとめられたりするのだろうか。屈辱以外の何物でもない。しかしもうどうでもいい。自分は、今、死ぬほど急いでいるのだ。

——笑いたければ笑え！

開き直ると、こちらを振り返る人たちの顔がよく見えた。ぎょっとしていたり、笑っていたり、怯《おび》えていたり、色んな顔があり、自分もその中のたかがひとつだ。ペダルを漕ぐたび、長年自分に張りついていたものが剝《は》がれ落ちていく。どこまでも走っていけそうで、こんな清々しい気分は初めてだった。

駅前に自転車を乗り捨て、ホームへの階段を駆け上がった。あたりを見回すと、のどかな田舎のホームには不似合いな金髪を見つけた。

「ヤコ先生！」

声を張りあげると、ヤコ先生がこちらを向いた。駆け出そうとして、一歩目で思いっきりつまずいた。家から駅までチャリで全力疾走、駅の階段を駆け上り、足がガクガクしている。見かけは兄貴系でも、中身は完全純粋文系なのだ。

「貢藤、大丈夫？」

ヤコ先生が駈け寄って手を貸してくれる。

「す、すいません」

ヤコ先生の手を取り、貢藤はなんとか立ち上がった。

「どしたの貢藤、そんなハアハア言って」

「こ、この金、受け取れませんから」

息を切らしながらカリメロバッグを差し出すと、ヤコ先生は顔をしかめた。

「僕も受け取れないよ。もうあげたものなんだから」

「あげたものって……」

「いらないならどっかに捨ててよ」

「無茶言わないでください、こんな大金——」

「金だけど、それは僕の気持ちなんだよ」

ヤコ先生は真顔で言った。

「だから、おまえのため以外の使い道はないの」

きっぱりと言い切られ、貢藤は言葉を失った。

「好きな人が困ってたら助けたいのは当然だろう。僕は醬油は作れないけど漫画が描ける。使い道のない金がある。僕は僕のできることでおまえを助けたい。おまえの家が助かって、おまえも好きな仕事を続けられて、それが僕の喜びにもなる。これ以上なにが不満なんだよ。なんでもおまえのいいようにしてやるから言ってみなよ」

畳みかけられるように言われ、もうなにも言い返せなくなった。

好きだというだけでこんな大金をポンと出すなんて、ピンチのヒロインを助けに颯爽《さっそう》と現れる少女漫画の王子さまじゃあるまいし、現実味がなさすぎる。

でも、こういう人が描く漫画だからこそ、女の子は夢に浸れるのかもしれない。初めてヤコ先生の漫画を読んだときの興奮を思い出す。好きだ嫌いだで世界は回り、嫌というほどぶちこまれた乙女要素に死ぬほどキュンキュンさせられた。

「おまえは僕が好きなんだと思ってたけど」

ヤコ先生が溜息まじりに覗き込んでくる。

「それって、僕の勘違い？」

真剣な表情に、抑えても抑えても熱い湯みたいな感情が沁みだしてくる。胸の深い場所から湧き上がって、喉元《のどもと》まで込み上げ、ついに口から溢《あふ》れ出た。

「……勘違いじゃありません」

零れた言葉と一緒に、涙で視界がぼやけた。

「……俺も、ヤコ先生が好きです」

鼻の頭や耳のふちがジリジリと焦げるように熱くなっていく。どれだけ赤くなっているのか、恥ずかしさにうつむくと鼻水が垂れかけて慌ててすすった。せっかくの告白シーンなのにひどい。恰好《かっこう》悪すぎる。

ヤコ先生のことを少女漫画の王子さまじゃあるまいしと思ったが、今の自分こそなんだ。全速力で追いかけて、ホームで転んで、助け起こしてもらい、泣きながら告白なんて往年の少女漫画展開そのままで、今にも昭和にタイムスリップしそうだ。

「……好きです、本気です、もう我慢できません」

しゃくりあげながら顔を上げると、頬を紅潮させているヤコ先生がいた。

「……なに、その急激なデレ」

ヤコ先生はわなわなと震えだし、いきなり貢藤を抱きしめた。

「貢藤――――っ、超かわいい――――っ」

のどかな田舎のホームに響いた絶叫に、少し離れた椅子に座っていたお婆ちゃんがびくっと震えた。向かいのホームにいた若い女の子たちがキャーと声を上げる。すかさず携帯を取り出しこちらに構えたので、貢藤は慌てて自分を抱きしめているヤコ先生ごと姫抱きにして、ホームから見えない階段へ逃げこんだ。

「……あ、危なかった」

ママチャリで全力疾走なヤクザ画像はまだしも、あんなホモ画像を世界発信されてたまるか。ヤコ先生を姫抱きしたまま階段の壁にもたれて息を整えていると、貢藤……と名前を呼ばれた。はいと返事をすると、複雑な表情のヤコ先生と目が合った。

「お姫さま抱っこって憧れてたから、すごく嬉しいんだけど」

「はい」

「これって逆じゃない？」

言われてみれば。

「でもヤコ先生、俺を抱えられないでしょう？」

真面目に問い返すと、ヤコ先生はムッとして貢藤の腕から下りた。

「ごめんねー、ペン以上重いものを持てない身体で」

ヤコ先生はふんと顎《あご》を反らしたかと思うと、次の瞬間、両手を思い切り階段の壁について貢藤を腕の檻《おり》に閉じ込めた。貢藤はハッと目を見開いた。

——こ、これは、世に言う『壁ドン』……っ！

少女漫画の世界では、これをやられたヒロインはもれなく言葉を失い、ときめきのあまり抵抗できなくなってしまう。鉄板であるがゆえ、やたらと繰り出せないここ一番の大技である。

ああ、やばい、どうしよう。遠くからキュンの大波がやってくる。

「抱えられないけど、これもいいだろう？」

珍しい低音でのささやきに駄目押しされ、甘い大波に頭から呑み込まれた。

ヤコ先生がゆっくりと顔を寄せてくる。

一度目は不意打ちで、二度目は雰囲気に流された部分もなきにしもあらず。

三度目の正直に、貢藤は覚悟を決めてぎゅっと目をつぶった。

結婚前夜

校了明けで一眠りした休日の夕方、貢藤《くどう》はヤコ先生のマンションを訪ねた。玄関まで出迎えてくれたヤコ先生に、おつかれさまですとお土産のチョコレートを渡す。

「くーどーおー、おつかれって仕事じゃないんだから」

「あ、すいません、つい」

顔を見合わせてほほえんだ。普段は作家と編集者として顔を合わせているので、休日に恋人として会ってもなかなか仕事のくせが抜けない。玄関からキッチンへの短い距離を手をつなぎ、貢藤はチョコレートとは別の紙袋をテーブルに置いた。

「それ、なに？」

「うちの地元で有名な魚の粕《かす》漬けです。ヤコ先生にも食べてほしいって親が送ってきたんです。一応持ってきたけど、食べませんよね？」

「食べるよ」

「魚、嫌いじゃないですか」

「恋人の親からもらったものは特別なの」

ストレートな言葉に、じわっと頬が熱くなった。

「明日の朝ご飯にしようよ」

「じゃあ、おいしく焼きます」

「貢藤の料理はいつでもなんでもおいしいよ」

「そんなことないですよ」

「そんなことあるの」

　腰を引き寄せられ、頬にちゅっと音の立つキスをされた。誰かに見られたらケッと吐き捨てられそうなほどイチャつきながら、貢藤は人生初の幸せを嚙《か》みしめた。

　帰省騒動から三ヶ月、倒産寸前だった実家の醬油《しょうゆ》屋は、ヤコ先生の援助で立て直しの目途《めど》がついた。無利子無催促という奇跡的な申し出を、当初、両親は断った。いくら息子の知り合いとはいえ、赤の他人同然の人間からそんな大金は借りられない。ごくごく真っ当な両親の言い分に、ヤコ先生はきっぱりと言ってのけた。

　――僕と貢藤くんは他人じゃありません。

　――貢藤くんは僕にとって、世界でただひとりかけがえのない大事な人です。

　両親と兄は目が点になり、貢藤も危うく気絶しかけたが、のんきに意識を飛ばしている場合ではなかった。「作家と担当編集者として！」となんとか場をおさめ、何年かかっても必ず返済するという約束でありがたく好意を受けることになったのだ。

　返してくれなくていいのにとヤコ先生は最後まで不満そうだったが、他人同士でそんなことは通じないんですと、なぜか借りる側が説得するという妙なことになった。あんな神さまみたいな人がおるんやね……と両親は拝まんばかりだった。

そして現在、貢藤は東京《とうきょう》でヤコ先生の担当編集者として以前と変わらない生活を送っている。以前となにも変わらない毎日。以前となにも変わらない――。

「貢藤、休みの調整どうなった？」

冷蔵庫からコーヒー牛乳を出しながらヤコ先生が聞いてくる。

「やっぱり難しそうです。さ来月ならなんとか連休で取れそうですけど」

「さ来月……」

ヤコ先生が遠い目で反芻《はんすう》する。

「すみません。普通に休日はあるので日帰りなら――」

「ダメダメ、せっかくの初旅行なんだし焦らず予定を立てればいいよ」

「そ、そうですね」

笑顔でうなずく裏で、内心で貢藤はがっくりと肩を落とした。

――少しは焦ってくれてもいいんですよ。

恋人同士になって三ヶ月、自分とヤコ先生は未だ『いたして』いない。

恐らく、懸案中の初旅行がその機会になると思うのだが、なかなかふたりの休日が合わない。

最初はよかったのだ。行為に及んだ際の自分を想像するとなかなか覚悟も決まらず、だから予定が延びてもちょうどいい猶予くらいに思っていた。きたるべきXデイに備え、今のうち色々勉強してゆっくり心を決めようと——。

しかし、まさか、これほど長引くとは思わなかった。つきあいはじめて三ヶ月、最高に気持ちが盛り上がっているこの時期になんの苦行だと悲しくなってくる。

「でも計画だけは練っておこうね」

「そうですね」

内心の葛藤《かっとう》を笑顔で隠し、ふたりはリビングへ戻った。ソファに並んで座り、この三ヶ月、たまる一方の旅行パンフレットをふたりでめくる。

「もういっそ海外でも行っちゃう？　タヒチとかきれいそう」

皿に盛った土産のチョコレートをヤコ先生はつまんだ。

「ん？　このチョコ変わった味だね。おいしいけど」

「『サンズ』時代の作家にもらったんです。ブラジル土産だって言ってました」

どれどれと貢藤もつまんだ。確かにスパイシーというか、妙に刺激的な味がする。さすが情熱の国、ほんのりあっさりが好きな日本人の味覚とは違う。

「ブラジルかあ。いいなあ、僕も貢藤とリオのお祭り見たい」

「俺はともかく、海外はヤコ先生が無理でしょう。来年はコラボもあるんで長期の休みは取りづらいと思いますよ」

「そうだねえ。志摩《しま》にも『パラドル』には影響出さないって約束したし」

「編集長、三ヶ月分くらい前倒しで原稿もらいたいって言ってましたよ」

「あいつは僕を殺す気なの？」

　ヤコ先生は嫌な顔でチョコレートをかじった。

「まあでもネームのストックくらいはあった方がいいんじゃないですかね」

「そうだよねえ、ネームが一番焦るからねえ」

「そうですよ、ネームだけでも──」

　途中、貢藤は我に返った。まただ。ふたりでいるといつの間にか仕事の話になってしまう。基本作家と担当編集という関係なのでしかたないとはいえ、恋人らしいアレやコレもまだなく、休日の会話までこれで果たして恋人と言えるだろうか。

　ちらりと隣を見ると、ヤコ先生はタヒチのパンフレットを熱心に見ていた。愛情はお互い間違いなくあるのに、このままさ来月まで進展なしはつらい。

　──ヤコ先生は、モヤモヤしたりしないんだろうか。

　思い切って聞いてみたくなるが、そんなことを聞いて引かれたらと思うと勇気が出ない。自分が悶々《もんもん》とするのは経験の不足からで、普通の人間は三十も過ぎるとそれほどガツガツしないのかもしれない。そう思うと自分が恥ずかしくなってくる。

　チョコレートをつまみながら、また考える。恋愛ってこんなに手間暇かかるものなのだろうか。最近、今まで避けてきたゲイ体験談みたいなものをネットで見るようになった。みんなバ

ーで知りあったとか、掲示板で知りあったとか、出会ったその日にそうなったとか、貢藤から

するとF1レーサー並みの速さで事を進めている。

またチョコレートをつまむ。どうしてこんなに手間がかかるんだ。どうしてみんなにできる

ことが、自分にはできないんだ。なんだかイライラしてきた。いや、イライラというよりカッ

カしてきた。頭が熱い。あれ、頭だけじゃなく身体も熱い？

「ちょっと、貢藤」

声をかけられ、隣を向いた。

「おまえ、顔、真っ赤だよ？」

「……いや、ヤコ先生もなんとなく赤いですよ？」

首をかしげると、そのままカクンと人形みたいに折れて焦った。息が苦しくて、手で押さえ

るとドキドキと大きく鼓動が伝わってくる。なんだこれは、発作か？

「ちょ、大丈夫？　僕よりおまえの方が重症みたいだよ」

ヤコ先生が心配そうにのぞき込んでくる。

確かにヤコ先生の顔も赤いが、自分よりは平気そうだ。しかしふたり一度にこうなるという

ことは心臓発作などの病気ではない。じゃあなにがと考え、ハッとした。

「……まさか毒？」

貢藤はテーブルのチョコに疑惑のまなざしを向けた。食べたときにおかしな味がしたが、も

しや毒だったのか。しかし、なぜ作家が自分に毒を？　以前ボツにした原稿の恨みだろうか。しかしあれはよりよいものを創るための発展的ボツで――。

「貢藤、これもらったときなにか言われなかった」

馬鹿なことを考えていると、ヤコ先生が聞いてきた。

「……え？　あ、なんかガラナとか、彼女とどうぞとか」

意味がわからなかったが、彼女とどうぞというくらいだからおいしいのだろうと単純に納得し、わざわざ今日持ってきたのだ。思い出す間にも身体が熱くなっていく。

「それだよ」

「はい？」

「ガラナって催淫《さいいん》効果があるって言われてるんだ」

「……は？」

首をかしげると、ヤコ先生が立ち上がった。

「トイレ行こう。すぐ吐いて」

腕を引っぱられ、中途半端に立ち上がったがよろめいてしまい、ヤコ先生を巻き込んで床に転がってしまった。見上げる位置にヤコ先生の顔がある。

「貢藤、大丈夫？　気分悪い？」

ペチペチと頬を叩《たた》かれる。

「……悪くない。けど身体が……熱い…です」

そしてなぜか、自分に伸《の》し掛かる男の重みが気持ちいい。

「救急車呼ぼうか?」

ぐったりしつつ、貢藤は首を横に振った。隊員に心当たりはと問われ、催淫剤ですと答える度胸はない。それより頭がぼうっとする。細かいことが考えられず、自分から腕を回し、ヤコ先生の首筋に頬をすりつけた。瞬間、ヤコ先生が硬直した。

「貢藤、駄目だって、離れて」

ぎゅーっと腕を突っ張られ、貢藤はムッとした。

「なんで、そんな嫌がるんですか?」

ヤコ先生は珍しく怖い顔で言い切った。

「なんでって……こんな密着したら、そういうことしたくなるだろ」

「……お、俺は別にいい…ですけど……」

薬の勢いで思い切って言ってみたが、

「嫌だよ!」

怒鳴るように断られ、ガーンと頭の奥で効果音が鳴った。

つきあって三ヶ月、すぐそこにベッドもある場所でなにも起きなかったのは、もしや自分に魅力がないせいだった? 休みが合わないのを理由に、もしやこのままズルズル引き延ばされて、最終的にフェイドアウトされる予定だった？

「ここまで我慢してきたのに、催淫剤なんかに煽《あお》られて、自宅マンションなんて手近な場所でお手軽にすませるなんて絶対嫌だからね！」

「……え？」

「だっておまえ、一生に一度の初体験だよ？　男のプライドにかけて最高にロマンチックな夜にしてあげたいじゃない。たとえば海辺のコテージ風のホテルで、ウェルカムフルーツとシャンパンとピンクの薔薇《ばら》の花束で出迎えられて、部屋は波音が聞こえるシーサイドルームで、テラスから直接海岸に下りられて、砂浜はもちろん白い砂で、巻き貝と桜貝と流木が落ちていて、間違ってもシジミやアサリやワカメは落ちてなくて、辺りに雰囲気を壊すような土産物屋や海の家、及びテトラポッドがないところが最低条件だよ。いまわの際《きわ》に思い出しても胸キュンするような、素敵な記憶にしてあげたいじゃないか。じゃなかったらこんな修行僧みたいな状態三ヶ月も耐えられるか！」

「……ヤコ先生」

「わかったら早くおいで。トイレ行ってこんな悪魔のお菓子は全部吐こう」

ほらと抱き起こされ、貢藤はヤコ先生の首にしがみついた。

「我慢しなくていいです」

沈黙が落ちた。

「おまえ、僕の話聞いてた?」

「はい」

しっかり聞いた。そんな風に思ってくれていたなんて知らなかった。海辺で波の音を聞きながらうんぬんを想像すると、自分とのミスマッチで悶死しそうになるが、シチュエーション的にはキュンとする。王道万歳。しかしこのチャンスを逃したらさ来月かと思うと、それは耐えられない。乙女だが、俺は男だ。

「ヤコ先生の気持ちは嬉《うれ》しいです」

「だったら――」

「でも、さ来月なんて俺が待てません」

首にしがみついたまま訴えると、ヤコ先生が固まった。

しばらく沈黙が続いたあと、がばっとヤコ先生が身体を離した。

「せ、先生?」

貢藤を見下ろすヤコ先生の顔は、今まで見たことがないほど険しい。

「今まで、死ぬ思いで我慢してきたけど」

ヤコ先生はすうっと息を吐いて呼吸を整えた。

「貢藤がそこまで言ってくれるなら、わかった、もう遠慮しないよ」

目が怖い。声がいつもより低い。もしや自分は開けてはいけない扉を開けてしまったのだろうか。焦りが込み上げてくる中、ぐわっと身体が浮いた。

「え？　あ、あれ？　なんで？」

気がつくと、立ち上がったヤコ先生に姫抱っこをされていた。

「ペンより重いものは持てないんじゃ？」

「一応、男だからね。三分が限度だけど」

ヤコ先生は貢藤を抱き上げたまま大股でリビングを出ていく。そのまま廊下を突っ切り、寝室のドアを足で蹴ってぶち開けた。男らしすぎて怖い！

どんなひどい寝相でも落っこちないだろうクイーンサイズのベッドにどさりと投げ出され、体勢を整える余裕もなくヤコ先生が覆いかぶさってくる。

「あの、ちょ、ちょ、ちょっと、せ、先生、うわあっ」

シャツのボタンを外され、はだけられた胸元に手が伸びてくる。小さな突起に指先が触れ、びくりと身体が跳ねた。そんなところに触れられるのは初めてで、指の腹で軽くこすられただけで、柔らかかった場所が瞬く間に固く尖《とが》り出す。

「せ、先生……っ」

胸の先を捏《こ》ねられ、首筋を吸われるとゾクゾクしたものが背筋を走る。声が出そうで奥歯を噛みしめる中、ベルトを外された。えっ？　んっ？　と戸惑っている間に一気にパンツごと下着を下ろされ、ぼんやりしていた意識が一瞬で覚醒《かくせい》した。

——うわああああああ——————っ！

今まで誰にも見せたことのない場所が晒《さら》されている。

「ちょ、ちょ、まっ、待って、待っ——」

「怖がらないでいいから」

「いや、でも、ちょっとそんな」

パニックを起こしながら手足を振り回す中、ドスッと鈍い衝撃が拳に伝わった。

低い呻《うめ》きと共に伸し掛かっていた重みが消え、起き上がると、でかいベッドの上でヤコ先生は腹を抱えて悶絶していた。角度的にリバーブローが決まったようだ。

「……せ、先生、大丈夫ですか」

そろそろと覗《のぞ》き込むと、「大丈夫なわけあるか！」と怒鳴られた。

「なにすんだよ、おまえ、僕を殺す気なの？」

咳《せ》きこむヤコ先生の目は涙でにじんでいる。

「いや、だって、いきなり脱がされたから」

「脱がないでどうやってするんだよ！」

「そうなんですけど……」

ぼそぼそとつぶやきながら、貢藤はせっせと腰から下をシーツで隠した。

「おまえが『もう待てない』って色っぽくお願いしたんだろう」

確かにそれはそうだ。自分から煽っておいてこれはひどい。しかしいざとなるとやはり羞恥が先に立つ。どうしたらいいんだと貢藤はうなだれた。

「……まあ、僕もちょっと興奮しすぎた感はあるけど」

ヤコ先生は身体を起こし、貢藤の額にチュッと音の立つキスをした。

「じゃあ、今度はゆっくりするね？」

優しく問われ、胸がキュンとすぼんだ。恥ずかしさはある。しかしときめきはその倍ある。これはいつか越えなくてはいけない山だ。これを越えなければ、いつまでも自分とヤコ先生は恋人未満だ。勇気を出せ、自分、もう三十だろう。

「はい、よろしくお願いします」

緊張しながら目をつぶると唇が触れた。優しいキスを重ねながら、奥に引っ込んでしまっている舌を誘い出され、やんわり吸われると頭の芯がぼうっとした。

──あー……、どうしよう、ドキドキする……。

されるがまま舌を貪《むさぼ》られる中、背後で両腕をひとつにまとめられた。えっと振り返ったときには、半端に脱がされていたシャツで両腕を拘束されていた。

「んん？」

ぐいぐい腕をねじっても、キッチリ結んであってほどけない。

「先生、なんですか、これ」

「さっきみたいに暴れられたら困るから」

しゃらっと言い切られた。

「だからって縛ります？」

「さっきはお腹だったけど、あれが腕だったら下手したら僕は骨を折ってたかもしれない。おまえは担当編集者として、僕をそんな危険にさらすつもりなの？」

「俺がそんなひどい暴力をふるうはずないでしょう」

「処女は無意識に暴れるの、さっきのリバーブローを思い出せ」

実証したあとなので言い返せない。

「縛るだけで別にひどいことはしないから。ね？」

「縛ること自体、もう充分ひどいと思います」

「刺激剤だと思えば興奮するだろう。はい、もうごちゃごちゃ言わないの」

トンと胸を押され、貢藤は後ろ手に縛られたまま仰向《あおむ》けに倒れ込んだ。

「一生の思い出に残る初体験にしてあげるよ」

——いいえ、自分はごく平凡なやつで結構です。

怯《おび》える貢藤の目の前で、ヤコ先生は服を脱ぎ捨て、ベッドサイドの引き出しから透明な液体の入ったボトルを取り出した。それの使用目的くらいは知っている。今からする行為が現実感を帯びて迫ってくる。見ないでおこうと顔を背けていると、とろりとしたジェルをむき出しの胸に塗りつけられ、ひっと声が漏れた。

「あ、あの、つ、使う場所が違……っ、あ」

指先が乳首に触れ、びくりと震えた。

「こ、これ、なんか熱い……です」

「温熱タイプだから」

熱いジェルでぬるぬると乳首をこすられ、貢藤は身体をよじらせた。さっき触られたときとは違うなめらかな感触。淫靡《いんび》さは倍増していて、小さな突起が再び芯を持って疼《うず》きだす。なんとか声を殺していると、反対側にくちづけられた。

「貢藤の耐えてる顔、いいね。もっといじめたくなる」

淡く色づいた場所全体を口に含まれ、時折強く吸い上げられる。反対側はずっとぬるぬるとした指で弄《いじ》り回されていて、左右違う刺激に腰がじっとしていられない。

「気持ちいい？」

尖りきった乳首を指で転がされ、声をこらえて首を横に振った。

ヤコ先生は小さく笑い、シーツで隠された足の間に手を潜り込ませてくる。

ゆるく形を変えはじめている性器をやんわりにぎり込まれ、息を呑んだ。

「……っ、ん、くっ」

きつすぎず弱すぎず、絶妙な力加減で揉《も》みこみながら、赤く凝った乳首を舐《な》め転がされる。

たまらない刺激にびくびくと腰が浮く。そのうち胸だけではなく、下からも卑猥《ひわい》な音が立ちはじめた。性器を扱く手の動きに合わせて、くちっ、と濡《ぬ》れた音がする。

「ほんと感じやすいね」

先端の窪《くぼ》みに指先を当てられ、蜜をすくいだすようにくじられた。痺《しび》れるような快感が走って、きつく目をつぶった。

思春期からこっち、性的なことを避けて生きてきたせいで、貢藤の身体はとことん快楽に慣れていない。初めての他人からの愛撫《あいぶ》に、瞬く間に追いつめられてしまう。

「ま、待っ、もう……っ」

「いきそう?」

歯を食いしばってうなずいた。

「いいよ、一度いっておくと身体もほぐれるし」

ヤコ先生がふいに身体を起こした。

一緒にシーツを剝《は》ぎ取られ、貢藤は目を見開いた。後ろ手で縛られたまま、射精寸前まで昂《たか》ぶって、いやらしい蜜を零している場所を晒されている。

「や、やめ、こんなの……っ」

慌てて足を閉じようとしたが、両足の間に入り込まれているので無理だった。先走りで濡れた性器をにぎり込まれ、さっきよりも力強く扱かれる。

「やっ、や、見ない…でくださ、あ、ああっ――」

指で鈴口をえぐられた瞬間、頭が真っ白になった。

「……ん、あ、あっ」

後ろで腕を縛られ、いやらしく足を開いた恰好《かっこう》のまま達してしまった。幾度かにわけて放たれたものが腹を濡らし、荒い呼吸に上下する脇腹をとろりと流れ落ちていく。

余韻も覚めず、乱れた息を継ぐ中、ヤコ先生が覆いかぶさってくる。キスをされそうになり、咄嗟《とっさ》に顔を背けたが顎をつかまれて強引に唇を吸われた。

「なんで嫌がるの?」

「だ、だって、あんな恥ずかしい……」

半べソで訴えた。

「愛ゆえなんだけど」

あれのどこに愛が――という疑問は顔に出たようだ。

「大事な貢藤の、色んな初めてをちゃんとこの目で見届けたいだろう?」

見届けるという言葉に、さっきの自分の痴態を想像して泣きたくなった。

「あんな変態っぽいのは嫌いです。腕もほどいてください」

「まだ駄目」

ヤコ先生は身体を起こし、再びジェルを手に取った。達したばかりで敏感になっているペニスに塗りつけられ、貢藤の腰が跳ね上がった。

「……んっ、あ」

軽く触られる程度で、ゾクゾクするような快感が走る。吐きだしたばかりにもかかわらず、ペニスに再び芯が入り出し、ゆっくりと勃《た》ち上がっていく様まで観察される。恥ずかしいのに、なぜかひどく興奮してる自分がいた。

「……っふ、ん、あ、ああ……」

ぬめりをまとった手で性器と陰嚢《いんのう》をゆるく嬲《なぶ》られたあと、手が背後へ回っていく。開いた足のその奥にある窄《すぼ》まりに触れられ、全身に緊張が走った。

「力抜いて。痛くしないから」

そう言われても恐ろしい。身を固くする中、触れられている場所で指が円を描くように動きだす。固く閉じた場所をほぐされ、中心がじわじわとゆるんでくる。

「……あ、嫌、嫌です」

あと少しでも力を入れたら入ってしまう。必死で引き締めるが、ついに指が入り込んできた。痛みはないが、強烈な違和感に縛られた後ろ手でシーツをつかむ。無意識に足をばたつかせていると、「縛っといてよかった」というつぶやきが聞こえた。

「……っん」

ふいに乳首に触れられた。

「ちょっとリラックスしようか」

日常生活ではほとんど意識しない小さな器官なのに、くりくりと指の腹で捏ねられると甘い波紋が全身に広がる。背後への異物感が薄れだし、快感と違和感とどっちつかずの感覚に翻弄《ほんろう》される。潤滑剤を足され、指も増やされた。

「……んっ、あ、あ……」

潜り込んでいる二本の指が中で開かれ、狭い場所をじりじりと広げていく。つながるためには必要な手順だとわかっていても、恥ずかしい。どうか早く終わってくれと祈っていたとき、ふいに走った刺激に大きく腰が跳ねた。

「……え、あ？」

なんだ、今のは。

「ここ？」

ヤコ先生が指を曲げる。さっきよりも強烈な快感に悲鳴のような声が出た。

「や、そこ、や、やめ……、や、あっ」

続けざま同じところを擦り上げられて、全身がびくびくと跳ねまくる。

きつくつぶった目の裏で、パシパシと光が点滅する。

「きつすぎる？」

力が弱まり、快楽のゲージもふっと下がった。しかしゆるい責めは続いていて、昇れそうで、昇れきれない、じわじわと浸食してくる快感が逆につらくなる。

「……せ、先生……」

全身が重だるく、ハアハアと息を継ぎながら呼びかけた。

「これじゃ、足りない？」

問われ、恥ずかしさをこらえてうなずいた。

「じゃあ、もっとしてくださいって、自分から足を開いて」

ひどい。そんなことできるはずがない。流されまいとぎゅっと唇を噛むと、敏感な場所を強く押されて背筋がのけぞった。大きな快感は一度きりで、すぐに波は引いてしまう。トロ火であぶるような快感に、頭の中までふやけていく。

「……っん、あ、あ、ああ」

指がゆっくりと抜き差しをはじめた。違和感はもうなく、じくじくと疼くような快感が腰全体に満ちている。けれど達するには至らない。羞恥と快感が混ざり合って、たまらない焦れったさに噛みしめていた唇がじわじわとほどけていく。

「……せ、先生、お願いです……」

「してほしかったら、どうするの？」

促すように弱い場所を強く押され、ついに理性の緒が切れた。

後ろ手に縛られたまま、貢藤はゆっくりと自分から足を開いていった。

「……お、お願いします。もっと、して…ください」

恥ずかしすぎて、つぶった目に涙がにじむ。なのに見られている羞恥が快感にすり替わって、苦しいほど勃ち上がったペニスの先からたらたらと蜜が滴《したた》っていく。触られてもいない胸の先までピリピリ痺れていて、ツンと固く尖っている。

「貢藤はいじめられて悦ぶタイプだね」

「ちが……、あ、あっ」

尖った乳首を潰すように捏ねられ、たまらず腰が揺れてしまう。

「いやらしくてかわいい」

晒された中心に、ヤコ先生が顔を伏せてくる。先端をぺろりと舐められ、びくりと腰が浮いた。同時に内側の弱い場所を強く押し潰される。

「っひ、あ、あ、や……っ」

前と後ろ、二箇所同時に与えられる快楽に背中が反り返った。熱く濡れた粘膜で性器を吸われると、連動するように後ろがしまる。みるみる臨界点が近づいてくる。

「せ、先生っ、も、出るから、やめ……っ」

泣きそうな声で訴えると、煽るように愛撫が激しさを増した。限界まで昂ぶった身体では抗《あらが》うこともできず、熱く湿った口内で性器が弾けた。

「……あ、い、嫌、飲むの、あ、ああっ」

不自由によじれる腰を押さえつけられ、脈打って放たれるものを飲み下される。喉奥がしまるたび、ぎゅっと性器ごと引き絞られる感覚に全身が震えた。

呼吸が静まっていくと共に、自分が晒した痴態に悶《もだ》えたいほどの後悔に襲われた。しかもヤコ先生の口に出し――羞恥で死ねるなら即死クラスだった。

「……す、すみません」

蚊《か》の鳴くような声で謝った。

「なにが」

「色々と、口にも出せない醜態を……」

「出しただろ。口に、ちゃんと」

「そっちじゃなくて！」

思わず声を荒らげると、笑いながらキスをされた。

「馬鹿だね。好きな子が恥ずかしがってるの見るのは男の喜びなんだよ？」

甘やかすようなキスを降らせながら、腕の拘束をほどかれる。

「ほどいてもいいんですか？」

「うん、もう殴られる心配もないしね」

「？」

「気持ちいいって、充分わかっただろう？」

ヤコ先生がからかうように笑う。くちづけながら、背後に先端が当たっているのを感じる。動くたびぬるりと滑って、散々蕩《とろ》かされた場所が口を開けそうになる。

「続き、していい？」

内緒話のように問われ、覚悟を決めてうなずいた。正直、怖い。でも待ちきれなくて、じくじくとそこが疼く。くぷりとそこが口を開け、熱くて固いものが入ってくる。

「……っん、う」

痛みはないが、指とは段違いの圧迫感に息が詰まる。乱暴さは一切ない。こちらの様子を見ながら、ゆっくりと、その分、つながっているという感覚が際立った。

じりじりとした時間を耐える中、気がつくと侵入はやんでいた。目を開けると、至近距離にヤコ先生の顔がある。自分の内側で自分以外のなにかが熱く脈打っている。

「痛くない？」

いたわるような問いに、息を継ぎながらうなずいた。

「ピリピリした感じとかは？」

「……大丈夫です。少し苦しいだけで」

「よかった」

瞬間、甘く胸を締めつけられた。大事にされている。愛されている。そんな気持ちが伝わってきて、自分から腕を回してキスをして舌を絡めた。

「……っん」

胸の先に触れられた。連鎖反応のように後ろがしまり、受け入れているものをリアルに感じてしまう。さっきからずっと弄られ続け、小さかった突起は赤くふくらみ、重だるい疼きが腰全体に満ちる。熱の吐きようがなく、ひどく苦しい。

「……先生、もう…早く……」

どうにかしてほしいと、訴えるようにしがみついた。尖りきった乳首を指で嬲られるたび、腰が砕けそうな快感に短い声が漏れる。つながったところがねだるように収縮を繰り返す。全身が火照って、もうおかしくなりそうだった。

「おまえ、胸だけでいけるんじゃない？」

「む、無理、です。これ以上……続いたら、おかしくなる」

もう取り繕うこともできず、腰を揺らしてしがみついた。

「貢藤、かわいすぎ」

感極まったようなつぶやきが降ってくる。

「もう、めちゃくちゃにしたい」

次の瞬間、はじまった揺さぶりに喉奥が引きつった。深くつながったまま内側をかき回され、注ぎ込まれたジェルが濡れた音を立てる。密着した身体の隙間からも、似たような音が聞こえる。貢藤自身が零している蜜がこすれる音だ。

「貢藤、こっち向いて。ちゃんと感じてる顔見せて」

「っや、あ、ああ……、ひっ」

羞恥に顔を背けると、お仕置きのように浅いところを突かれた。指で散々鳴かされた場所を強く突かれるたび、ただでさえ薄っぺらになっていた理性が粉々になっていく。声も出せないまま、強制的に高みに持ち上げられる。

「んっ、う、あ、あ、ああ……っ」

射精の間も揺さぶりは止まらない。断続的に吐き出される蜜が、重なった身体の間でぐちゃぐちゃと淫靡な音を立てている。

「ま、待って、くだ、さ、ああ……っ」

無意識にずりあがろうとする身体を押さえ込まれ、放ったものを塗り込めるように最奥まで挿入したまま腰を回され、過敏になった内壁をくまなく突かれる。

「いや、だ、それ、おかしく…な……っ」

「泣くなよ。もっといじめたくなるだろ」

鬼畜な言い草に、ついに泣きが入ってしまった。感じすぎてつらい。なのに内側はもっともっとほしがるように収斂《しゅうれん》を繰り返す。途中でまた達したような気がするが、もうよくわからない。一番高いところに昇らされたまま、下りてこられない。

なにも考えられなくなって、快楽だけを追う中、ふいに揺さぶりがやんだ。腹の奥に熱い迸《ほとばし》りを感じ、引きずられるように何度目かの大きな波に攫《さら》われた。

折り重なったまま、ゆっくりと身体が弛緩《しかん》していく。打ち上げられた魚のようにぐったりしていると、まつげにキスをされた。目を開けるとヤコ先生と目が合った。

「ごめん。あんまりかわいいから止まらなくなった」

心配そうな表情に、口元だけでかろうじて笑みを作った。

「……いい、です。すごく……幸せだったんで」

余韻が冷め切らず、ぼんやりと答えた。する前は色々考えていたのに、いざことに及んでいるときは夢中だった。気持ちいいばかりで、まだ身体に力が入らない。

「どうしよう、もう、怖いくらい好きだよ」

ストレートな告白に胸が熱くなった。

「……俺もです」

「もっかいしよっか」

え？　問い返す間もなく、まだ柔らかく濡れている背後を押し開かれた。

「あ、ちょっ、待ってください、さすがにまだ無理――っ」

しかしさっきまで受け入れていた場所は、どれだけ力を込めても簡単に侵入を許してしまう。

蕩けきった中に一気に埋め込まれて仰《の》け反《ぞ》った。

「ちょ、待っ、動かないで……、あ、あ、あああ――――っ」

お構いなしに揺さぶりがはじまり、再びの快楽に頭から引きずり込まれた。

翌日、当然だが起き上がれなかった。夜中延々と続いた行為に腰が鉛をさげているかのように重く、初めて男を受け入れた場所は鈍痛を伴って腫《は》れている。

「今日くらい有休取ればいいのに」

クイーンサイズのベッドで後ろから貢藤をしっかりと抱きしめてヤコ先生が言う。うなじにくちづけながら話すので、くすぐったくて身体が小さく揺れる。

「そういうわけにはいきません。午後から会議なんで」

「会議って椅子《いす》に座るんだろ。お尻が大惨事になるんじゃない？」

「誰のせいだと思ってるんですか」

「おまえ」

「はい？」

「おまえがかわいすぎるから悪い」

なんたる暴君。なのにキュンと胸をときめかせている自分が恥ずかしい。イチャイチャしているだけであっという間に時間が経ってしまい、気づくと昼前だった。定時という概念のない職場であるが、さすがに脱童貞が原因で会議に遅刻はまずい。

とにかくシャワーを浴びようと、貢藤はベッドを抜けだした。

「……うっ」

一歩踏み出しただけでよろめいた。

「そんなにつらいなら僕が洗ってあげようか。色々」

「いいえ、結構です」

絶対洗う以外のなにかをされる。貢藤は生まれたての子ヤギみたいに頼りない足取りで、壁伝いに自力でバスルームへ向かった。

シャワーより湯船にしたのが功を奏したのか、ぬるめの風呂に浸かるうち、腰の重だるさが軽減された。これならなんとか出勤できそうだ。ヒゲを剃り、髪を整えてから寝室に戻る。着がえをすませても、ヤコ先生はまだベッドでゴロゴロしていた。

「じゃあ、俺は行きますね」

ベッド脇に落ちていたジャケットを拾いあげ、ヤコ先生の頬にキスをした。

「どうしても行くの？」

「すいません、時間に縛られるサラリーマンなんで」

ヤコ先生は小さく笑った。

「いいよ。その代わり、なるべく早く一緒に住もう」

「え？」

「結婚しようよ」

一瞬ポカンとしたあと、貢藤はほほえんだ。

「仕事、早く終わらせて戻ってきますね」

冗談で受け流したが、ヤコ先生は笑わなかった。

「僕は本気だよ。そこ」

ジャケットのポケットを指さされ、なんだろうと手を入れるとなにかに触れた。

小さくて、硬くて、丸い……指輪？

取り出し、貢藤は目を見開いた。ただの指輪ではない。リングをぐるりとダイヤモンドが取り巻いている。尋常ではない輝き方に本気の気合いを感じ、すぐには反応できなかった。内側には貢藤とヤコ先生のイニシャルが刻印されている。

「旅行のときに渡そうと思って用意してたんだけど」

ヤコ先生が身体を起こし、貢藤の手から指輪をつまんだ。

「はめていい？」

「……え」

どうしよう。どうしたらいいのだ。三十にして初おつきあい、脱童貞を果たした翌日の急展開に頭が真っ白になった。気持ちとしては単純に嬉しいけれど——。

「嫌？」

「い、いいえ、けど現実難しいんじゃないかと。男同士だし」

「男同士でも養子縁組できるよ」

「親や仕事の同僚にはどう説明するんですか」

「そんなのどうとでもなるよ」

「ならないならない」

貢藤はぶんぶんと首を横に振った。

「じゃあ、お断り？」

貢藤はまたぶんぶんと首を横に振った。

「じゃあ、もうはめるよ？」

いや、しかし、アバババババとわけのわからないことになった。ひたすら視線を左右に揺らしていると、左手をぐいとつかまれ、強引に薬指に指輪をはめられた。

「はい、これでおまえは僕のものね」

指輪のはまった左手の甲にくちづけられ、貢藤は硬直した。

フルエタニティのダイヤモンドリングでプロポーズ。直後に手の甲にキス。なんだこのベッタベタなキュン展開は。真夜中、布団に潜り込んでこっそり読んだ少女漫画の中にあった気がする。自分には一生縁がないと諦《あきら》めていた世界。

目のふちが熱い。鼻の奥がつーんと痛くなる。こらえてもこらえても視界がどんどんぼやけてきて、ボロボロッと涙が零れ落ちた。

「……す、すびばぜん……」

鼻の頭どころか顔全体が熱くて、顔面が二倍くらいに腫れ上がっているみたいだ。洟水《はなみず》が垂れそうになって慌ててすすり上げた。三十にもなる男がみっともなさすぎる。でも止まらない。

今日はずっと一緒にいたい。ああ、こんなときになぜ会議なんだ。

「す、すいません。気絶しそうなくらい嬉しいんですが、仕事に遅れるので行きます。でも早く終わらせるんで、夜、夜は一緒に……っ」

「うん、待ってるよ。あ、これ時間あったら見といて」

ずっしり重い紙袋を渡された。

「なんですか?」

「僕の愛。今夜はこれから先のことも含めて、ふたりで色々相談しよう」

チュッと頰にキスをされ、あまりの幸せにふうっと意識が遠のきかけたが、寸前で我に返った。いかん、これ以上ここにいたら社会人失格の恋愛脳にされてしまう。

「じゃあ、行きます」

貢藤は紙袋を手に立ち上がった。後ろからヤコ先生が見送りについてくる。

「行ってらっしゃい。また今夜ね」

「はい、また今夜」

ほほえみ合い、玄関先で甘いキスをかわした。

ちなみに、紙袋の中身はウェディング雑誌だった。

プロポーズをし、それを受けたのだから結婚式を挙げるのは当然と言い張るヤコ先生と、死んでも挙げないと言う貢藤。貢藤にウェディングドレスを着せたい、できるなら十メートルのプリンセスベールを引きずらせたいと言い張るヤコ先生と、そんな恥辱にまみれるくらいなら切腹すると泣く貢藤。ふたりは一年にわたる激しいウェディング戦争が繰り広げられることになるのだが、それはまた別の話となる。

あとがき

こんにちは、凪良《なぎら》ゆうです。「求愛前夜」を手に取っていただきありがとうございます。

以前に出た「恋愛前夜」で、かわいそうな役回りだったヤコ先生のスピンオフです。ある意味キワモノなオネエキャラなので続きは書けないだろうと思っていましたが、まさかのＯＫ！めちゃくちゃテンション上がってノリノリで書かせていただきました。

そういえば以前、キャラさんから出た小冊子で本作最後の「結婚前夜」から一年後くらいのヤコ先生と貢藤《くどう》をチラッと書いてます。貢藤にウェディングドレスを着せたいヤコ先生と、死んでも着たくない貢藤、ふたりのウェディング戦争の顚末です。

そのときと比べると貢藤のキャラクターがずいぶんソフトに変化しているのがおもしろいですね（※もっとワイルドな感じでした）。こんな感じがいいなあとふわふわ考えていただけのものを、改めて文庫一冊書くに当たってキャラを練り直しました。

逆にヤコ先生は楽でした。前作「恋愛前夜」のときから子供っぽいのに大人な部分もあり、うざかわいい人という設定ができていて、でも、この人は攻めでもいいなと思ったのは「恋愛前夜」終盤、三角関係の決着シーンを書いていたときでした。

自分で創ったキャラクターなのに、最初の五ページと最後の五ページでは作者とキャラクターとの親密度が全然違うことが不思議だなといつも思います。架空の人物だけど、ああ、この人、こういう人なんだーと新たな発見をしていく楽しさは、リアルな人づきあいと似ている気がします。だから、書き終わるときはいつも寂しいです……。

前作とは逆のヤコ先生の立ち位置に戸惑われた方も多いと思いますが、オネエ攻め×ヤクザな外見とは正反対の純情乙女受けというギャップを楽しんでいただければ嬉しいです。

そして「恋愛前夜」から引き続き、挿絵をつけてくださった穂波《ほなみ》ゆきね先生、ありがとうございました。カラー口絵の可憐さにキュンとしました。ヤコ先生も頬赤らめてる貢藤もすごくかわいらしい！　穂波先生に描いていただけて本当に幸せなキャラたちです。

それと最後に少し宣伝を。前作「恋愛前夜」のドラマＣＤが、アルパカレコードさんから出ています。イメージにドンピシャな声優さんたちのおかげで、魅力にあふれたドラマＣＤに仕上がっています。ブックレットには書き下ろし短編もついてます。そして同じくキャラ文庫から出ている「おやすみなさい、また明日」という本にもヤコ先生と貢藤が脇役として出ています。どちらも、お見かけの際にはよろしくお願いいたします。

それでは、また次の本でもお目にかかれますように。

二〇一四年　三月　凪良ゆう

この本を読んでのご意見、ご感想を編集部までお寄せください。

《あて先》〒105－8055　東京都港区芝大門2－2－1　徳間書店　キャラ編集部気付
「求愛前夜」係

■**初出一覧**
求愛前夜……書き下ろし
乙女の憂鬱……書き下ろし
結婚前夜……書き下ろし

Chara

求愛前夜 ……【キャラ文庫】

2014年4月30日　初刷

著者　凪良ゆう
発行者　川田 修
発行所　株式会社徳間書店
〒105-8055 東京都港区芝大門2-2-1
電話048-451-5960(販売部)
03-5403-4348(編集部)
振替00140-0-44392

印刷・製本　図書印刷株式会社
カバー・口絵　近代美術株式会社
デザイン　百足屋ユウコ（ムシカゴグラフィクス）

ISBN978-4-19-900748-4

好評発売中

凪良ゆうの本

【天涯行き】

イラスト◆高久尚子

名前しか知らない相手と、夜ごと激しく抱き合って眠る——。旅の青年・高知《たかち》をなりゆきで家に住まわせることになった遠召《とおめ》。戻らない恋人を待ち続ける遠召と、人懐こい笑顔と裏腹に、なぜか素性を語らない高知。互いの秘密には触れない、共犯めいた奇妙な共同生活。この平穏で心地良い日々はいつまで続くんだろう…？ けれどある日、高知が殺人未遂事件の容疑者として追われていると知って!?

キャラ文庫既刊

■英田サキ
［DEADLOCK］
［DEADHEAT］DEADLOCK2
［DEADSHOT］DEADLOCK3
［SIMPLEX］DEADLOCK外伝　CUT高階 佑
［恋ひめやも］　CUT小山田あみ
［ダブル・バインド］全4巻
【アウトフェイス】ダブル・バインド外伝　CUT葛西リカコ
［欺かれた男］　CUT乃一ミクロ

■秋月こお
［王朝春宵ロマンセ］シリーズ全4巻　CUT唯月 一
［王朝ロマンセ外伝］シリーズ全3巻　CUT唯月 一
［幸村殿、艶にて候］全7巻　CUT九號
［スサの神謡］　CUT稲荷家房之介
［超法規レンアイ戦略課］　CUT有馬かつみ
［公爵様の羊飼い］全3巻　CUT円屋榎英

■洸
［深く静かに潜れ］　CUT長門サイチ
［パーフェクトな相棒］　CUT亜樹良のりかず
［好みじゃない恋人］　CUT小山田あみ
［ろくでなし刑事のセラピスト］　CUT新藤まゆり
［オーナー指定の予約席］　CUT須賀邦彦
［捜査官は恐竜と眠る］　CUT有馬かつみ
［サバイバルな同棲］　CUT和鐵屋匠
［常夏の島と英国紳士］　CUTみずかねりょう

■いおかいつき
［好きなんて言えない！］　CUT有馬かつみ
［隣人たちの食卓］　CUTみずかねりょう
［探偵見習い、はじめました］　CUT小山田あみ

■池戸裕子
［お兄さんはカテキョ］　CUT汞りょう
［官能小説家の純愛］　CUT一ノ瀬ゆま
［小児科医の悩みごと］　CUT新藤まゆり
［無法地帯の獣たち］　CUT新井サチ
［管理人は手に負えない］　CUT黒沢 椎
［鬼神の囁きに誘われて］　CUT黒沢 椎
［人形は恋に堕ちました。］　CUT新藤まゆり

■烏城あきら
［檻 -おり-］　CUT今 市子

■榎田尤利
［歯科医の憂鬱］　CUT高久尚子
［ギャルソンの躾け方］　CUT宮本佳野
［アパルトマンの王子］　CUT緋色れーいち
［理髪師の、些か変わったお気に入り］　CUT二宮悦巳

■音理 雄
［先生、お味はいかが？］　CUT三池ろむこ
［犬、ときどき人間］　CUT高久尚子

■鹿住 槇
［ヤバイ気持ち］　CUT穂波ゆきね
［遺産相続人の受難］　CUT鳴海ゆき
［兄と、その親友と］　CUT夏乃あゆみ

■華藤えれな
［フィルム・ノワールの恋に似て］　CUT小椋ムク
［黒衣の皇子に囚われて］　CUTＣｉｅｌ
［義弟の渇望］　CUTサマミヤアカザ

■可南さらさ
［左隣にいるひと］　CUT木下けい子
［先輩とは呼べないけれど］　CUT穂波ゆきね

■神奈木智
［その指だけが知っている］
【左手は彼の夢をみる】その指だけが知っている2
【くすり指は沈黙する】その指だけが知っている3
【そして指輪は告白する】その指だけが知っている4
【その指だけは眠らない】その指だけが知っている5　CUT小田切ほたる
［ダイヤモンドの条件］シリーズ全3巻　CUT須賀邦彦
［御所泉家の優雅なたしなみ］　CUT円屋榎英
［甘い夜に呼ばれて］　CUT不破慎理
［密室遊戯］　CUT羽根田実
［若きチェリストの憂鬱］　CUT二宮悦巳
［オーナーシェフの内緒の道楽］　CUT新藤まゆり
［愛も恋も友情も。］　CUT香坂あきほ
［月下の龍に誓え］
［烈火の龍に誓え　月下の龍に誓え2］　CUT円屋榎英
［マル暴の恋人］　CUT水名瀬雅良
［恋人がなぜか多すぎる］　CUT高星麻子
［マエストロの育て方］　CUT夏珂
［守護者がめざめる逢魔が時］
【守護者がささやく黄泉の刻】守護者がめざめる逢魔が時2　CUTみずかねりょう

■楠田雅紀
［史上最悪な上司］　CUT山本小鉄子
［俺サマ吸血鬼と同居中］　CUTＣｉｅｌ
［やりすぎです、委員長！］　CUT夏乃あゆみ

■剛しいら
［顔のない男］シリーズ全3巻　CUT北畠あけ乃
［命いただきます！］　CUT麻生 海
［狂犬］　CUT有馬かつみ
［盗っ人と恋の花道］　CUT葛西リカコ
［天使は罪とたわむれる］　CUT宮本佳野
［ブロンズ像の恋人］　CUT兼守美行

■ごとうしのぶ
［熱情］　CUT高久尚子

キャラ文庫既刊

■榊 花月

「夜の華」 CUT高階 佑
「他人の彼氏」 CUT汞りょう
「恋愛私小説」 CUT小椋ムク
「地味カレ」 CUT新藤まゆり
「待ち合わせは古書店で」 CUT木下けい子
「不機嫌なモップ王子」 CUT夏乃あゆみ
「本命未満」 CUTルコ
「僕が愛した逃亡者」 CUT葛西リカコ
「天使でメイド」 CUT夏河シオリ
「見た目は野獣」 CUT和鐵屋匠
「綺麗なお兄さんは好きですか?」 CUTミナヅキアキラ
「オレの愛を舐めんなよ」 CUT夏珂
「気に食わない友人」 CUT新藤まゆり
「七歳年下の先輩」 CUT高緒 拾
「暴君×反抗期」 CUT沖銀ジョウ
「どうしても勝てない男」 CUT新藤まゆり

■桜木知沙子

「プライベート・レッスン」 CUT高星麻子
「ひそやかに恋は」 CUT山田ユギ
「ふたりベッド」 CUT梅沢はな
「真夜中の学生寮で」 CUT高星麻子
「兄弟にはなれない」 CUT山本小鉄子
「教え子のち、恋人」 CUT高久尚子

■佐々木禎子

「ミステリ作家の献身」 CUT高久尚子
「僕の好きな漫画家」 CUT香坂あきほ
「弁護士は籠絡される」 CUT金ひかる
「執事と眠れないご主人様」 CUT榎本
「治外法権な彼氏」 CUT有馬かつみ
「アロハシャツで診察を」 CUT高久尚子
「仙川准教授の偏愛」 CUT新藤まゆり
「妖狐な弟」 CUT佳門サエコ

■秀香穂里

「くちびるに銀の弾丸」シリーズ全2巻 CUT祭河ななを
「チェックインで幕はあがる」 CUT高久尚子
「虜 ―とりこ―」 CUT山田ユギ
「誓約のうつり香」 CUT海老原由里
「禁忌に溺れて」 CUT亜樹良のりかず
「ノンフィクションで感じたい」 CUT新藤まゆり
「艶めく指先」 CUTサクラサクヤ
「烈火の契り」 CUT彩
「他人同士」全3巻 CUT新藤まゆり
「大人同士」
「恋人同士 大人同士2」 CUT新藤まゆり
「堕ちゆく者の記録」 CUT高階 佑
「真夏の夜の御伽噺」 CUT佐々木久美子
「桜の下の欲情」 CUT汞りょう
「隣人には秘密がある」 CUT山田ユギ
「なぜ彼らは恋をしたか」 CUT梨とりこ
「闇を抱いて眠れ」 CUT小山田あみ
「恋に堕ちた翻訳家」 CUT佐々木久美子
「盤上の標的」 CUT有馬かつみ
「年下の高校教師」 CUT三池ろむこ
「閉じ込める男」 CUT葛西リカコ
「ブラックボックス」 CUT金ひかる
「行儀のいい同居人」 CUT小山田あみ
「激情」 CUT羽根田実
「二時間だけの密室」 CUT高久尚子
「月ノ瀬探偵の華麗なる敗北」 CUT亜樹良のりかず
「法医学者と刑事の相性」 CUT高階 佑
「法医学者と刑事の本音 法医学者と刑事の相性2」
「嵐の夜、別荘で」 CUT二宮悦巳
「入院患者は眠らない」 CUT新藤まゆり
「極道の手なずけ方」 CUT和鐵屋匠
「捜査一課のから騒ぎ」
「捜査一課の色恋沙汰 捜査一課のから騒ぎ2」 CUT相葉キョウコ
「仮面執事の誘惑」 CUT香坂あきほ
「家政夫はヤクザ」 CUTみずかねりょう
「猫耳探偵と助手」
「猫耳探偵と恋人 猫耳探偵と助手2」 CUT笠井あゆみ
「孤独な犬たち」 CUT葛西リカコ
「月夜の晩には気をつけろ」 CUT兼守美行

■愁堂れな

「身勝手な狩人」 CUT蓮川 愛
「十億のプライド」 CUT汞りょう
「愛人契約」 CUT水名瀬雅良
「紅蓮の炎に焼かれて」 CUT金ひかる
「花婿をぶっとばせ」 CUT高久尚子
「コードネームは花嫁」 CUT汞りょう
「怪盗は闇を駆ける」 CUT由貴海里
「屈辱の応酬」 CUTタカツキノボル
「金曜日に僕は行かない」 CUT麻生 海

■菅野 彰

「毎日晴天!」

「子供は止まらない 毎日晴天!2」

「子供の言い分 毎日晴天!3」

「いそがないで。 毎日晴天!4」

「花屋の二階で 毎日晴天!5」

「子供たちの長い夜 毎日晴天!6」

「僕らがもう大人だとしても 毎日晴天!7」

「花屋の店先で 毎日晴天!8」

「君が幸いと呼ぶ時間 毎日晴天!9」

「明日晴れても 毎日晴天!10」

「夢のころ、夢の町で。 毎日晴天!11」

「花屋の店番 毎日晴天!12」 CUT二宮悦巳
「高校教師、なんですが。」 CUT山田ユギ

キャラ文庫既刊

■杉原理生
【親友の距離】 CUT穂波ゆきね
【きみと暮らせたら】 CUT高久尚子
【息もとまるほど】 CUT三池ろむこ
【恋を綴るひと】 CUT葛西リカコ

■砂原糖子
【シガレット×ハニー】 CUT水名瀬雅良

■春原いずみ
【銀盤を駆けぬけて】 CUT須賀邦彦
【真夜中に歌うアリア】 CUT沖銀ジョウ
【警視庁十三階にて】
【警視庁十三階の罠 警視庁十三階にて2】 CUT宮本佳野
【略奪者の弓】 CUT Ciel

■高岡ミズミ
【お天道様の言うとおり】 CUT山本小鉄子
【依頼人は証言する】 CUT山田シロ
【人類学者は骨で愛を語る】 CUT汞りょう
【僕が一度死んだ日】 CUT穂波ゆきね
【闇夜のサンクチュアリ】 CUT高階 佑
【鬼の接吻】 CUT禾田みちる

■高尾理一
【鬼の王と契れ】 CUT石田 要

■高遠琉加
【神様も知らない】
【楽園の蛇 神様も知らない2】
【ラブレター 神様も知らない3】 CUT高階 佑

■谷崎 泉
【諸行無常というけれど】
【落花流水の如く 諸行無常というけれど2】 CUT金ひかる

■月村 奎
【そして恋がはじまる】シリーズ全2巻 CUT夢花 李
【アプローチ】 CUT夏乃あゆみ

■遠野春日
【眠らぬ夜のギムレット】シリーズ全2巻 CUT沖麻実也
【ブリュワリーの麗人】 CUT水名瀬雅良
【高慢な野獣は花を愛す】 CUT汞りょう
【華麗なるフライト】
【管制塔の貴公子 華麗なるフライト2】 CUT麻々原絵里依
【砂楼の花嫁】
【花嫁と誓いの薔薇 砂楼の花嫁2】 CUT円陣闇丸
【玻璃の館の英国貴族】 CUT円屋榎英
【芸術家の初恋】 CUT穂波ゆきね
【欲情の極華】 CUT北沢きょう
【獅子の系譜】
【獅子の寵愛 獅子の系譜2】 CUT夏河シオリ
【蜜なる異界の契約】 CUT笠井あゆみ
【黒き異界の恋人】 CUT笠井あゆみ

■中原一也
【仁義なき課外授業】 CUT新藤まゆり
【後にも先にも】 CUT梨とりこ
【居候には逆らえない】 CUT乃一ミクロ
【中華飯店に潜入せよ】 CUT相葉キョウコ
【親友とその息子】 CUT兼守美行
【双子の獣たち】 CUT笠井あゆみ
【野良犬を追う男】 CUT水名瀬雅良
【ブラックジャックの罠】 CUT小山田あみ
【媚熱】 CUTみずかねりょう

■凪良ゆう
【恋愛前夜】 CUT穂波ゆきね
【求愛前夜 恋愛前夜2】 CUT穂波ゆきね
【天涯行き】 CUT高久尚子
【おやすみなさい、また明日】 CUT小山田あみ

■西江彩夏
【片づけられない王様】 CUT麻生ミツ晃

■西野 花
【溺愛調教】 CUT笠井あゆみ

■鳩村衣杏
【共同戦線は甘くない!】 CUT桜城やや
【やんごとなき執事の条件】 CUT沖銀ジョウ
【汝の隣人を恋せよ】 CUT和鐵屋匠
【両手に美男】 CUT乃一ミクロ
【友人と寝てはいけない】 CUT小山田あみ
【歯科医の弱点】 CUT佳門サエコ

■樋口美沙緒
【八月七日を探して】 CUT高久尚子
【他人じゃないけれど】 CUT穂波ゆきね
【狗神の花嫁】
【花嫁と神々の宴 狗神の花嫁2】 CUT高星麻子

■火崎 勇
【楽天主義者とボディガード】 CUT新藤まゆり
【荊の鎖】 CUT麻生 海
【それでもアナタの虜】 CUT司狼 亨
【そのキスの裏のウラ】 CUT羽根田実
【お届けにあがりました!】 CUT山田シロ
【灰色の雨に恋の降る】 CUT皇ソラ
【牙を剥く男】 CUT汞りょう
【満月の狼】 CUT有馬かつみ
【刑事と花束】 CUT夏珂
【足枷】 CUT Ciel
【龍と焔】 CUTいさき李果
【理不尽な求愛者】 CUT駒城ミチヲ
【ラスト・コール】 CUT石田 要

■菱沢九月
【小説家は懺悔する】シリーズ全3巻 CUT高久尚子
【夏休みには遅すぎる】 CUT山田ユギ

キャラ文庫既刊

[本番開始5秒前] CUT新藤まゆり
[セックスフレンド] CUT水名瀬雅良
[ケモノの季節] CUT汞りょう
[年下の彼氏] CUT穂波ゆきね
[好きで子供なわけじゃない] CUT山本小鉄子
[飼い主はなつかない] CUT高星麻子

■松岡なつき

[センターコート]全3巻 CUT須賀邦彦
[旅行鞄をしまえる日] CUT史堂 櫂
[NOと言えなくて] CUT果桃なばこ
[WILD WIND] CUT雪舟 薫
[FLESH & BLOOD①～㉑] CUT①～⑪雪舟 薫／⑫～彩
[FLESH & BLOOD外伝 —女王陛下の海賊たち—] CUT彩
[H・K《ホンコン》ドラグネット]全4巻 CUT乃一ミクロ
[流沙の記憶] CUT彩

■水原とほる

[青の疑惑] CUT彩
[午前一時の純真] CUT小山田あみ
[ただ、優しくしたいだけ] CUT山田ユギ
[氷面鏡] CUT真生るいす
[春の泥] CUT宮本佳野
[金色の龍を抱け] CUT高階 佑
[災厄を運ぶ男] CUT葛西リカコ
[義を継ぐ者] CUT高階 佑
[夜間診療所] CUT新藤まゆり
[蛇喰い] CUT和鐵屋匠
[気高き花の支配者] CUTみずかねりょう
[二本の赤い糸] CUT金ひかる
[The Barber—ザ・バーバー—] CUT兼守美行
[The Cop—ザ・コップ— The Barber2] CUT兼守美行
[ふかい森のなかで] CUT小山田あみ
[彼氏とカレシ] CUT十月絵子

[愛と贖罪] CUT葛西リカコ
[雪の声が聞こえる] CUTひなこ

■水無月さらら

[九回目のレッスン] CUT高久尚子
[裁かれる日まで] CUTカズアキ
[主治医の采配] CUT小山田あみ
[新進脚本家は失踪中] CUT一ノ瀬ゆま
[美少年は32歳!?] CUT高星麻子
[元カレと今カレと僕] CUT水名瀬雅良
[ベイビーは男前] CUTみずかねりょう
[寝心地はいかが?] CUT金ひかる

■水壬楓子

[桜姫]シリーズ全3巻 CUT長門サイチ
[シンプリー・レッド] CUT汞りょう
[作曲家の飼い犬] CUT羽根田実
[本日、ご親族の皆様には。] CUT黒沢 椎
[森羅万象 狼の式神]
[森羅万象 水守の守]
[森羅万象 狐の輿入] CUT新藤まゆり

■宮緒 葵

[二つの爪痕] CUT兼守美行

■夜光 花

[シャンパーニュの吐息] CUT汞りょう
[君を殺した夜] CUT小山田あみ
[七日間の囚人] CUTあそう瑞穂
[天涯の佳人] CUT DUO BRAND.
[不浄の回廊]
[二人暮らしのユウウツ 不浄の回廊2] CUT小山田あみ
[眠る劣情] CUT高階 佑
[愛を乞う] CUT榎本
[束縛の呪文] CUT香坂あきほ
[ミステリー作家串田寥生の考察] CUT高階 佑
[バグ] CUT湖水きよ

■吉原理恵子

[二重螺旋]
[愛情鎖縛 二重螺旋2]
[攣哀感情 二重螺旋3]
[相思喪曖 二重螺旋4]
[深想心理 二重螺旋5]
[業火顕乱 二重螺旋6]
[嵐気流 二重螺旋7]
[双曲線 二重螺旋8] CUT円陣闇丸
[間の楔]全6巻 CUT長門サイチ
[影の館] CUT笠井あゆみ

■渡海奈穂

[兄弟とは名ばかりの] CUT木下けい子
[小説家とカレ] CUT穂波ゆきね
[学生寮で、後輩と] CUT夏乃あゆみ

〈四六判ソフトカバー〉

■英田サキ

[HARD TIME DEADLOCK外伝] CUT高階 佑

■ごとうしのぶ

[ぼくたちは、本に巣食う悪魔と恋をする] CUT笠井あゆみ

■凪良ゆう

[きみが好きだった] CUT宝井理人

■菱沢九月

[同い年の弟] CUT穂波ゆきね

■松岡なつき

[王と夜啼鳥《ナイチンゲール》 FLESH&BLOOD外伝] CUT彩

■吉原理恵子

[灼視線 二重螺旋外伝] CUT円陣闇丸

〈2014年3月27日現在〉

投稿小説★大募集

『楽しい』『感動的な』『心に残る』『新しい』小説――

みなさんが本当に読みたいと思っているのは、どんな物語ですか？　みずみずしい感覚の小説をお待ちしています！

•応募きまり•

[応募資格]
商業誌に未発表のオリジナル作品であれば、制限はありません。他社でデビューしている方でもOKです。

[枚数／書式]
20字×20行で50～300枚程度。手書きは不可です。原稿は全て縦書きにして下さい。また、800字前後の粗筋紹介をつけて下さい。

[注意]
①原稿はクリップなどで右上を綴じ、各ページに通し番号を入れて下さい。また、次の事柄を１枚目に明記して下さい。
（作品タイトル、総枚数、投稿日、ペンネーム、本名、住所、電話番号、職業・学校名、年齢、投稿・受賞歴）
②原稿は返却しませんので、必要な方はコピーをとって下さい。
③締め切りは特別に定めません。採用の方にのみ、原稿到着から３ヶ月以内に編集部から連絡させていただきます。また、有望な方には編集部からの講評をお送りします。
④選考についての電話でのお問い合わせは受け付けできませんので、ご遠慮下さい。
⑤ご記入いただいた個人情報は、当企画の目的以外での利用はいたしません。

[あて先]　〒105-8055 東京都港区芝大門2-2-1
徳間書店 Chara編集部 投稿小説係

投稿イラスト★大募集

キャラ文庫を読んで、イメージが浮かんだシーンをイラストにしてお送り下さい。キャラ文庫、『Chara』『Chara Selection』『小説Chara』などで活躍してみませんか？

•応募きまり•

[応募資格]

応募資格はいっさい問いません。マンガ家＆イラストレーターとしてデビューしている方でもOKです。

[枚数／内容]

①イラストの対象となる小説は『キャラ文庫』か『Chara、Chara Selection、小説Charaにこれまで掲載された小説』に限ります。
②カラーイラスト１点、モノクロイラスト３点の合計４点。カラーは作品全体のイメージを。モノクロは背景やキャラクターの動きの分かるシーンを選ぶこと（裏にそのシーンのページ数を明記）。
③用紙サイズはＡ４以内。使用画材は自由。

[注意]

①カラーイラストの裏に、次の内容を明記して下さい。
（小説タイトル、投稿日、ペンネーム、本名、住所、電話番号、職業・学校名、年齢、投稿・受賞歴、返却の要・不要）
②原稿返却希望の方は、切手を貼った返却用封筒を同封して下さい。封筒のない原稿は編集部で処分します。返却は応募から１ヶ月前後。
③締め切りは特別に定めません。採用の方にのみ、編集部から連絡させていただきます。また、有望な方には編集部から講評をお送りします。選考結果の電話でのお問い合わせはご遠慮下さい。
④ご記入いただいた個人情報は、当企画の目的以外での利用はいたしません。

[あて先]

〒105-8055 東京都港区芝大門2-2-1
徳間書店 Chara編集部 投稿イラスト係